CONTEMPLAÇÃO DAS CIDADES

Poemas para uma Teologia urbana

DO AUTOR

- *Quarta Esfera* (poesia),
  Casa Editora Madrugada, Manaus, 1975.
- *Vitrais da Busca* (contos),
  Casa Editora Madrugada, Manaus, 1978.
- *O Sermão da Selva*[1] (poesia),
  Edições UBE-AM, Manaus, 1979.
- *Orfeu do Nazareno* (poesia),
  Imprensa Oficial, Manaus, 1987.
- *Fragmentos de Luz* (discursos),
  Edição do IGHA, Manaus, 1987.
- *Tiara do Verde Amor*[2] (Tríplice Coroa de Sonetos),
  SCA/Edições Governo do Estado do Amazonas, Manaus, 1988.
- *Nosso Senhor das Águas* (*O Cristo dos Igapós*)[3] (novela),
  Grafima, Manaus, 1993.
- *Nossa Senhora de Manaus* (orações e salmos),
  Grafima, Manaus, 1995.
- *Teresa de Ávila, o Êxtase da Muralha* (poesia),
  Edições Loyola, São Paulo, 2001.
- *Celebração da Vida* (*Missa Planetária*) (poesia),
  Edições Loyola, São Paulo, 2003.
- *A Musa de Jerusalém* (romance histórico da vida de Jesus),
  Valer, Manaus, 2009.
- *Catedral dos Sacramentos* (poemas em prosa),
  Coleção Pensamento Amazônico,
  Academia Amazonense de Letras, Manaus, 2010.
- *Sagração do Verde* (reunião dos poemas
  O Sermão da Selva e *O Sermão da Água*),
  Valer, Manaus, 2012.

Autos de Natal:

- *Da Ressurreição ao Nascimento, a Rota Inversa da Estrela*,
  SEC, Manaus, 2006.
- *Natal Amazônico, Tempo e Eternidade*,
  SEC, Manaus, 2009.

---

1. 2ª ed., 1982; 3ª ed. Ed. da Universidade do Amazonas, 1995.
2. 2ª ed. Ed. da Universidade do Amazonas, 1999.
3. 2ª ed. Ed. SEC/Valer, 2003.

MAX CARPHENTIER

(MEMBRO DA ACADEMIA AMAZONENSE
DE LETRAS E DO INSTITUTO GEOGRÁFICO
E HISTÓRICO DO AMAZONAS)

CONTEMPLAÇÃO DAS CIDADES

Poemas para uma Teologia urbana

Edições Loyola

Nihil Obstat
Dom Luiz Soares Vieira
Arcebispo de Manaus

Capa: Viviane Bueno Jeronimo
Imagens: Detalhe da obra: *The crucifixion* (A crucificação), de Alexander Locke. Fotógrafo Gary Wayne Gilbert. Do livro: *Transforming Light – The Stained-Glass Windows of Boston College*, Chestnut Hill, MA, Linden Lane Press at Boston College, 2009. Copyright Trustees of Boston College.
Foto: RRS/© PhotoXpress
Diagramação: Ronaldo Hideo Inoue
Revisão: Sandra Garcia Custódio

Edições Loyola Jesuítas
Rua 1822, 341 – Ipiranga
04216-000 São Paulo, SP
T 55 11 3385 8500
F 55 11 2063 4275
editorial@loyola.com.br
vendas@loyola.com.br
www.loyola.com.br

ISBN 978-85-15-03894-7

SUMÁRIO

PREFÁCIO 11

LIVRO I
PALAVRA DOS MONUMENTOS 15

ORÁCULO DAS HORAS 17
O Relógio Municipal

EDIFÍCIO DAS CENAS 19
O Teatro

A ROSA DO OBELISCO 21
O Marco Zero

AS COLUNAS TOGADAS 23
O Palácio da Justiça

A ESTÁTUA CAVALGA 25
Monumento ao Herói

LUAR SOBRE UMA ERMA 26
Monumento ao Poeta

VIGÍLIA DE ALCAIDE 27
Monumento ao Prefeito

DO SANITARISTA 28
Monumento ao Cientista

NOTURNO DAS VELHAS PONTES 29
As Pontes

ESTROFES DAS ALTAS TORRES 30
As Torres

O ABRAÇO DAS TRÊS MURALHAS 33
As Muralhas

CORAL DAS ORAÇÕES 34
O Mosteiro

LIVRO II
APOSTOLADO DAS PROFISSÕES 35

DISCÍPULOS DE LUCAS 37
O Médico

LIRA DO ENGRAXATE 38
O Engraxate

CRUZ VIVA DO TRÂNSITO 40
O Guarda de Trânsito

AOS ELMOS DE PLÁSTICO 41
O Motobói

AS VOZES DAS FEIRAS 42
O Feirante

ANJOS ENTRE AS CHAMAS 44
O Bombeiro

OS CLARINS CANTAM DE LUTO 45
O Policial

COPLAS DOS BALCÕES 46
O Balconista

ORAÇÃO DAS CAUSAS 47
O Advogado

CONSTRUÇÃO DA PAISAGEM 49
O Urbanista

O ARTESÃO DAS OFERTAS 51
O Cozinheiro

O PASTOR DAS RUÍNAS 53
O Guia de Turismo

LIVRO III

PASTORAL DOS INDIGENTES 55

ESQUINAS DE JERICÓ 57
O Cego

PÉRIPLO DAS MULETAS 58
O Aleijado

ESCRAVOS DAS PAPOULAS 60
O Drogado

OS CREDORES DE DEUS 61
O Mendigo

ORAÇÃO DO RETIRANTE 63
O Sem-Terra

SOB O CÉU DO VIADUTO 65
O Sem-Teto

AS FILHAS DA NOITE 66
A Prostituta

ÓRFÃOS DO SALÁRIO 67
O Desempregado

A CIRANDA DOS LOUCOS 69
O Louco

FÁCIES LEONINA 71
O Leproso
LUZ VISITADORA 72
O Encarcerado
SUSPIROS DO EXÍLIO 74
O Exilado

LIVRO IV

OS ESPAÇOS GOZOSOS 77

OS VENTOS ANTIGOS 79
A Praça
PASSOS ILUMINADOS 81
O Calçadão
CENAS DA MULTIDÃO 83
O Estádio
CANÇÃO DOS PERGAMINHOS 86
O Campus
QUARTETOS DOS FILMES 88
O Cinema
PALÁCIO DOS MERCADORES 90
O Centro Comercial
PISCINA E BOLERO 93
O Clube
CASA DOS ARTESÃOS 95
O Centro Comunitário
CAPELA DO PASSAGEIRO 96
O Aeroporto
JANELAS PARA O MISTÉRIO 98
A Biblioteca
ALEGORIAS 100
Festas Populares
GRAÇA DO PICADEIRO 101
O Circo

LIVRO V

OS ESPAÇOS DOLOROSOS 103

PASSARELAS DA VIDA 105
As Ruas
ACAMPAMENTO DAS DORES 108
O Hospital

TERRITÓRIO DAS QUEIXAS 111
A Delegacia
GRADES DA PENITÊNCIA 112
A Penitenciária
LADEIRAS DOS EXCLUÍDOS 113
A Favela
FILA NOSSA DE CADA DIA 114
A Fila
PACIÊNCIA SOBRE RODAS 115
O Engarrafamento
LAUDOS DO IRRECONHECÍVEL 117
O Instituto Médico-Legal
VOZ DAS CHAMAS E CINZAS 118
O Incêndio
ESTAÇÃO SAUDADE 120
O Asilo
DAS ÁGUAS REBELADAS 122
A Inundação
SOB CÍRIOS E ROSAS 124
O Velório

LIVRO VI
OS ESPAÇOS GLORIOSOS 127

AS CADEIRAS DA VIGÍLIA 129
A Academia de Letras
FESTA DO PADROEIRO 131
A Quermesse
SONETOS DAS CAPELAS 132
A Ermida
NOSSA SENHORA DE PEDRAS 134
A Catedral
SÃO JOÃO DOS GAFANHOTOS 135
O Batismo
A UNÇÃO DOS CAVALEIROS 136
A Confirmação
ALTAR, PALAVRA E MESSE 137
A Ordenação
O VINHO DE CANÁ 138
O Matrimônio
ANDORES DA SALVAÇÃO 139
A Procissão

NOSSA SENHORA DOS TERÇOS 141
A Novena
A CÁTEDRA DE DEUS 143
A Missa
A GLÓRIA DO CALVÁRIO 144
A Via-Sacra

LIVRO VII
LITURGIA DA NATUREZA 151

JEREMIAS DAS AREIAS 153
O Mar
AS FILHAS DO SINAI 155
As Montanhas
AREIAS DA SALVAÇÃO 157
O Deserto
RITOS DOS QUATRO IRMÃOS 159
As Estações
LITANIA DOS RAMOS 162
Os Pássaros
OS FILHOS DOS CAJADOS 164
Os Rebanhos
MÍSTICA DOS CIPRESTES 165
Os Jardins
AS FONTES PEREGRINAS 166
Os Rios
OS FRUTOS SACRAMENTAIS 168
A Oliva/A Uva/O Trigo
NÔMADE ONIPRESENTE 170
O Vento
OFERTÓRIO DA LUZ 171
O Sol
SOB OS PÉS DA RAINHA 173
A Lua

LIVRO VIII
CIDADES DA VIRGEM,
DOS SANTOS, A CIDADE DE DEUS 175

NOSSA SENHORA DOS PASTORES 177
Fátima

NOSSA SENHORA DOS PESCADORES 179
Aparecida

NOSSA SENHORA DA SELVA 181
Manaus

AS VIRGENS DE MURILLO 183
Madri

MURALHAS DE TERESA 185
Ávila

O SORRISO DA LUZ 187
Lisieux

EPÍSTOLA AOS PAULISTANOS 189
São Paulo

SEXTILHAS AO POBREZINHO 192
Assis

SANTO ANTÔNIO DO TEJO 194
Lisboa

AGNES DA CARIDADE 196
Calcutá

SONETOS DA SANTA SÉ 198
Cidade do Vaticano

LIRA DO APOCALIPSE 200
A Cidade de Deus

PREFÁCIO

JOSÉ COMBLIN

Os jornais falam da cidade. Falam cada vez mais. Quase sempre para comentar desastres. As cidades aparecem como imagens do inferno: poluição, congestionamento, criminalidade, enchentes, deslizamentos, favelas, drogas, estresse, nervosismo. No final de semana, quem pode, longe da cidade foge para buscar a praia, o bosque, a natureza. Quem pode, abandona o centro da cidade para viver fora da cidade numa cidade imaginária que se chama Alphaville. A cidade fica com os pobres, que não podem fugir. Os urbanistas enumeram todos os problemas nunca resolvidos. Fazem planos nunca aplicados, salvo os que vão complicar mais ainda a vida.

Mas Max Carphentier é um poeta que é capaz de contemplar essa mesma cidade. Não sente a necessidade de fugir para contemplar, assim como faz a maioria da população, porque a maioria não é poeta e só pensa nos problemas da respiração, dos assaltos, do transporte.

Max Carphentier descobre e contempla os monumentos hoje sempre escondidos no meio de edifícios com 100 metros de altura. Contempla os habitantes da cidade, o engraxate, o motobói, o policial, o balconista. Contempla o aleijado, o mendigo, a prostituta, o louco, que são objetos de repulsão. Como se fosse recitando o rosário, contempla os mistérios gozosos, a praça, o estádio, o circo. Não esquece os mistérios dolorosos, as ruas, as favelas, a fila, o engarrafamento, a inundação e outros. Alegra-se com os mistérios gloriosos: a Academia de Letras (naturalmente!), a catedral, o batismo, a procissão, a missa, a Via-Sacra... Descobre que mesmo na cidade a natureza ainda está presente com o mar ou o rio, a montanha, os jardins, o vento e mesmo o sol ou a lua ainda visíveis por alguém que levanta bem a cabeça.

Max Carphentier ama a sua cidade de Manaus. Porque ele a ama, descobre nela tanta beleza. Ao lado da sua cidade o seu coração católico lhe faz evocar Fátima, Aparecida, Ávila, Lisieux, Assis, Lisboa, Calcutá, o Vaticano. Cada uma dessas cidades tem a sua santa ou o seu santo. Até a cidade de São Paulo que não teve São Paulo como evangelizador, mas guarda o nome dele. Ou Madri que não teve santa, mas as virgens de Murillo, tão lindas que podem assumir o papel de santas. A poesia de Max Carphentier é mística. Ela é contemplativa no sentido místico da palavra. É uma poesia que é uma oração. É uma oração sobre a cidade. É uma oração de louvor porque o poeta descobre nela um grande dom de Deus. Os homens construíram todas as peças da cidade. Mas o conjunto, a cidade como totalidade, é dom de Deus. Ela foi feita por santos e pecadores, mas quem lhe confere o sentido é Deus que a oferece aos seus filhos e filhas tal como é, para que todos descubram nela as belezas que estão encaixadas nela.

O título da obra diz "Poemas para uma Teologia urbana". Mas ela já é uma teologia urbana, uma teologia poética. Teologia é falar de Deus. Ora, a poesia de Max Carphentier fala de Deus. Em tudo o autor fala de Deus e fala de maneira comovedora, o que habitualmente não fazem os livros de teologia. Por isso, os profissionais da teologia devem agradecer o poeta que soube expressar melhor do que eles o que Deus diz por meio da cidade.

"Não tenho senão palavras, nem de outra coisa sou capaz."

TERESA DE ÁVILA

"Não é contemplação sinônimo de revelações, visões ou êxtases, mas consiste essencialmente nesta secreta experiência pela qual o homem descobre e saboreia as grandezas e os mistérios de Deus."

GABRIEL DE SANTA MARIA MADALENA, O.C.D.

"A gloriosa Cidade de Deus prossegue em seu peregrinar através da impiedade e dos tempos, vivendo cá embaixo, pela fé, e com paciência espera a firmeza da mansão eterna."

SANTO AGOSTINHO

"Urbanismo e caridade, política concreta e vida cristã se encaixam perfeitamente uma na outra. São dois componentes de mesma história."

"Se a cidade é realidade 'humana', como poderia a teologia permanecer indiferente diante dela?"

JOSÉ COMBLIN

LIVRO I

PALAVRA DOS MONUMENTOS

As cidades, feitas de nós, são seres de sangue e de história, de alma e residência no mistério. Os seus monumentos assinalam etapas de sua evolução, tal como nos marcam os sacramentos. Sobem do âmago da terra o mármore e o cimento, o bronze e o ferro, ofertas das jazidas, para compor o pedestal e o busto, a torre do santo e o mausoléu do herói. Essas matérias duras têm coração sensível: captam a inspiração do artista e do arquiteto no erigir a feição do evento, a circunspeção da glória, a decisão do povo, e temos então a súmula de uma época, a proclamação de um evento. Eis realizada em tantas formas a índole de permanência da cidade, o que ela elegeu para durar para reconhecer-se a si mesma. Nessas obras, o Espírito quer ensinar, revelando os marcos da história bem ali onde as lembranças podem descansar enquanto predicam. E o Espírito continuará a ensinar, ainda quando os monumentos, para testificarem as eternas sucessões de tudo, transformarem-se na imensa vitalidade das ruínas, no testemunho intransferível dos escombros. Escutemos esses rostos de pedra celebrados, cristalizações do tempo sobre o corpo urbano. Diante dessa vida multiforme que neles vibra e se entrega aprendemos de nós mesmos, enquanto entramos em comunhão com a cidade.

1

ORÁCULO DAS HORAS

O Relógio Municipal

O Relógio Municipal se acorda antes dos pássaros,
como o frade mais velho do mosteiro,
e abre o livro das horas prometidas.
Sua primeira batida ninguém ouve:
é um suspiro de sino para Deus,
que conta nossos dias como grãos,
que sabe como um pai as nossas dores.

(Primeiro do que nós, sabem os relógios
que o tempo é uma ilusão e que contamos
fugazes horas só para esquecer
essa graça de eterno e de infinito
que ao corpo frágil é fardo pressentido.
Mas a alma percebe: é jugo suave
o nome da doçura da unidade em Deus.
E teremos um corpo compatível
com a abolição feliz do espaço-tempo.)

Ó ponteiros, marcais os nossos passos.
Logo vereis os olhos pontuais
do carteiro, do guarda e do cardíaco
vos consultar, oráculos certeiros.
Ponteiros —
o jovem grande e o velho pequenino —
que girais nosso tempo em doze números,
girai sobre a cidade as pétalas do dia
para que caiam as bênçãos como flores.

— Senhor, nosso tempo é maior do que o da primavera,
mas é difícil dar-te uma rosa perfeita.

Relógios não têm sono nem lastimam
o adeus entre a treva e o novo dia:
estalam como alvoradas uvas da meia-noite.

E eis um tempo-manhã de pão rezado, a hora
de retomar a construção do mundo
no ponto em que Jesus nos convidou
a suceder Cireneu no alado jugo,
a fé que faz o céu de nossas asas.

— Senhor, nosso tempo é maior que o do verão,
mas é fácil morrer sob um sol que não chega.

Há o tempo da tarde e os cálices abertos
pelos vinhos totais da Ave-Maria.
Se embriagam de amém os nossos olhos,
e os rebanhos da terra repousam sob a Estrela,
surgem pé ante pé as sombras caridosas.

O tempo-noite chega com suas lâmpadas.
Todo teto que acolhe é tenda boa
para saber notícias do deserto,
para contar nos ossos nossas obras,
para rever nos filhos nossa luz.

— Senhor, nosso tempo é maior do que o do outono;
nossos frutos, porém, se ocultam em folhas mortas.

Um abraço talvez responda à nossa alma
com um beijo de Deus no amor que nos doamos
como perfeita ação sob a graça possível.
O Relógio marcará em som benigno
o avanço da noite e o mistério de um sonho.
Entre as pálpebras que fecham a eternidade,
nosso corpo é cidade adormecida.

— Senhor, nosso tempo é maior do que o do inverno:
duramos mais que a neve e essa chuva dos olhos.

2

EDIFÍCIO DAS CENAS

O Teatro

Na penumbra de Deus ouço a cidade
queixar-se de suas chagas no Teatro.
As ruas usam máscaras, são nomes
dos pecados que somos nas esquinas.
Flor e corrupção saltam do texto
de um jardim semeado a preço adúltero.
Porque um teatro — cúpula e colunas
fundadas para o bem — é sempre a casa
onde o homem e seu meio se interrogam.

O Teatro e a cidade são irmãos,
os gêmeos da tragédia em carne e canto,
libretos de mercado e de velório.

É a Ira encenada trinta vezes,
trinta atores dão vida ao mesmo Vício.
Nas palavras-espelhos os Narcisos
Se veem confessando trinta culpas.
A cidade, ser que nasce de nós
e nos concebe,
vaza por nossos olhos na ribalta,
por nossa boca exclama na plateia.
Pra que as cenas prossigam na esperança,
gemem por todo o mundo os violinos

Essas Carmens, Senhor, vêm da oficina
que prepara os charutos mais algozes.
Vem de uma praça fria esse Chopin
tão vosso quanto mais sangra em noturno.
Harpas, cordas de vento, patativas,
estão plenas de bronze e de quintal.
Nas frisas o silêncio nos visita
com seu passo de infância ou de futuro
na terra em que se gasta a nossa vida.

A cidade interpreta o mundo e o tempo,
o Teatro interpreta a vida e a morte,
leem diante de nós os papéis que criamos.

O meu lenço, que é sósia da cortina
fechada em violeta e último ato,
enxuga breve lua em minhas pálpebras.
A calçada me chama, e caminhamos.
Dorme agora, cidade, que te vimos
nos símbolos e carnes que sustentas.
A manhã nascerá sobre teus bairros
com um gorjeio de cor que não se rende
e reza como um pombo em teu Teatro.

(Na Paixão, o Teatro ganha pedras
da Via-Sacra: então somos libertos
na ave-cruz que migra do Calvário.)

3
A ROSA DO OBELISCO
O Marco Zero

Do obelisco nasce a rosa das estradas,
rosa dos ventos, rosa do Marco Zero,
com os caminhos da cidade até o rio,
e as trilhas que vão beber no mar,
e as pedras que em nossos pés sobem a colina.

Marmórea encruzilhada de Emaús,
aqui pedimos, cegos e convictos:
— Acompanha-nos, Senhor, ao norte dos trabalhos;
ao sul fica conosco no lugar dos peixes;
mostra-te para nós no leste do Tabor
e ao nosso lado dorme onde a estrela desmaia.

Estou no Marco Zero e quero a tua senda,
tua ajuda, Instrutor, para o caminho estreito,
porque meus passos levam a mim e o irmão,
e a cidade se apoia no meu braço,
velha senhora com o colar das árvores,
monolítico andar de construção crescendo.

Pedro saiu de um marco zero junto ao barco
e nunca mais voltou, pescando homens.
Saímos, na matéria de um ponto de desejo,
a portos marejados de corrupção.
Partimos, de alma deserta, ao píncaro da cruz
e voltamos com a paz em nossos olhos.

Vejamos no obelisco o momento da busca
do antigo caminho sempre novo
dos santos que nos querem sucessores.
Na cidade nascemos para a terra;
da cidade partimos para Deus.

— Jerusalém do Céu, terás um Marco Zero
para a então salva liberdade amada
de todos os caminhos.

— Esclarece, Senhor, o homem que agora passa
sem ver a encruzilhada e com certeza leva
uma fome sem Deus, uma cidadezinha
entre rotos papéis de sua pasta de escândalos.

4

AS COLUNAS TOGADAS

O Palácio da Justiça

A avenida do Tribunal é togada de árvores,
tensas como as colunas adultas
que sustentam a mulher da balança,
a espada com o cabo de cruz,
os rubis das excelências,
a inconsolável montanha de papéis.

Foi dito que a justiça tem a índole de Deus,
mas os códigos têm as sílabas efêmeras
e o destino da poeira revogada
no chão ilustre das bibliotecas.
Porque os homens se esqueceram do Decálogo
e legislam sem barbas brancas,
sem o temor do Espírito da Lei.
Como anéis não percebem a dimensão oculta
no transitório que se normatiza,
pouca é a chama da lei inumerável
para atravessar a noite do contraditório.

As petições sobem as escadarias,
todas com jeito de muletas cegas,
mendigas pontuais de uma clemência incerta.

A cidade, vestida de processos,
chega com seus farrapos arrastando clamores:
a rica sala de repente é uma praça
de execução de títulos e órfãos.
Chega de um subúrbio o crime
vestido de estupro.
Chega do centro o alarde
de um museu posto em chamas.
Move-se o Tribunal, move-se a lei,
e tudo é drama e dor do corpo urbano.

Os homens sérios despacham como quem escreve
nas areias das praias infinitas:
estão certos de Deus na outra margem da vida.
Outros apertam no bolso as moedas de Judas,
cultivam o som da traça e da ferrugem.
As chagas dos necessitados são burocratizadas,
mas resiste a esperança além de todo prazo.
Entre o dinamismo das dívidas cobradas
e a graça do Senhor que nunca cessa,
o Tribunal suspende o nível da avenida
num imperfeito rito que consagra
a paciência de Deus sob os vícios dos homens.

À noite se reúnem todos os perdões
e iluminam de novo o rosto da Justiça
numa imagem sem paz que nos pesa e retalha.

Ó Deus, pecados multiplicam Tribunais,
santuários pagãos para medir ofensas
à Lei do teu Amor sem venda e sem balança.

5

A ESTÁTUA CAVALGA

Monumento ao Herói

Rosto de bronze e sol que entregamos aos pombos,
a estátua do Herói olha além do horizonte,
força a ponta de espada esse céu dos profetas
que é livre como o azul da bandeira de um povo.

O Herói construiu paliçadas e torres,
defendeu com falcões as cisternas e as virgens;
unificou com alma a multidão dispersa,
cobrou do senhorio o salário dos simples.

Cidades têm no Herói o Anjo de atalaia,
oráculo e fuzil que sustentam nas provas
a passagem da paz pelos lares contritos
que esperam de Deus a vitória dos justos.

O cavalo do Herói, de cascos incansáveis,
é visto ao meio-dia entre os meninos pobres;
entre os medos da rua é visto pelas tardes.
Só à noite obedece ao comando da estátua.

O Herói sai então ao encontro da aurora
e o deixa pastar nas campinas mais jovens.
E voltam para a terra em que lutaram juntos
pelo Reino de Deus, pelos lares dos homens.

Heróis têm na cidade uma missão: a vida
em sangue ou rosa ou pão ofertada aos mais fracos,
os que pedem de Deus sempre um gesto que os salve
de toda a multidão de nomes da miséria.

6

LUAR SOBRE UMA ERMA

Monumento ao Poeta

Onde estão na cidade os luares passados?
Estão nos olhos lentos dos poetas vivos
e sobre as frontes altas das estátuas deles,
vivos olhos de paz em seus rostos de pedra.

A mais difícil lua, essa de Jericó,
e a mais sagrada lua, essa de Tiberíades,
não cessam de cantar, mesmo em voz de minguante,
na memória do céu e dos versos sofridos.

Sempre uma luz remota anda meiga e lunar
no berço do poema ou na lembrança justa
que o poeta suscita em seu corpo de nuvem
parada e vertical na noite de uma praça.

Lenços brancos que cobrem esses rostos em prece,
há luares de amor que nos vêm e não morrem,
vivem livres de frio sob versos de lã
que o sonhador legou ao sono de sua terra.

As ruas mudarão de nome e de traçado,
granitos nascerão onde morreram as rosas,
e as fontes trocarão de pouso com as usinas,
tradições passarão, cantiga após cantiga.

Os luares porém não morrerão nos olhos
dos que buscam no céu um consolo de Deus,
enquanto vivos são e quando mortos podem
ainda encher de luz o bosque de sua estátua.

7

VIGÍLIA DE ALCAIDE

Monumento ao Prefeito

Depois de morto, o prefeito revestiu-se de mármore
e se postou na sétima colina da cidade amada:
O quase rio que ele ressuscitara com um decreto
de seus pés nasce agora e vai crescer no mar.
O bairro que fundou num campo de begônias
tem uma creche azul, caixa-d'água e colégio,
mas deixaram morrer o festival das moças
e a estrada soterrou os mais profundos galos.

Cidades não progridem sem sentir saudade,
sempre há algo de belo em tudo que passou.

Alcaide que foi bom calça seu pedestal
e vai para os canteiros festejar nas pedras
as novas construções, a conclusão dos sonhos
que semeou e viu como os profetas veem:
esperanças de Deus nos desertos gerais
vencidos pela fé das casas que geramos;
as novas gerações indo de monte em monte
propagar nossa vida entre a semente e a estrela.

A alma de um prefeito enxerga o que sonhou
com os olhos que só têm as órbitas de estátua.

Monumento ao prefeito é um cajado no ar:
ao chão pode inspirar, ao céu pode mover,
ao homem pode dar o rumo de sua rua.
Porque vigílias cercam aquele que acordou
para amar na prancheta o despertar geométrico
de um sorriso feliz no pântano dragado.
E para celebrar as provisões das chuvas
nas torneiras que amou no passo das areias.

Os anjos que assistiram aos bíblicos juízes,
para velar escolhem a erma dos prefeitos.

8

DO SANITARISTA

Monumento ao Cientista

As palmeiras de Deus se perfilam ante o busto
do inimigo das febres. Os pântanos libertos
pousam suas libélulas claras
sobre os cabelos de rocha esvoaçantes.
As dores se retiram para as sombras,
não mais rezam no frio os filhos da malária.

Eis aquele que amou a cidade doente
de chagas semeadas pelas asas palustres,
e viu que, antes do homem, o rio sofria,
a esquina definhava, a rua se perdia
na terra torturada de águas negras.
E ele, para curar o homem,
medicou os monturos, os lares dos mosquitos.

A cidade adoece de nós mesmos
e pode agonizar durante séculos,
disse ele à mulher tão febril e sozinha
quanto a sogra de Pedro. Curou-a como apóstolo,
com um olhar de Jesus e a bênção do quinino.
De seus tubos de ensaio se elevaram preces;
se chamará vacina a gota de um milagre
que ele entreviu nascer do suor de sua noite.

Depois ele pediu, também contaminado:
Protejam as águas em seus ninhos subterrâneos,
drenem os rios que carregam os nossos restos,
levem pela mão a cidade, como uma criança,
e a eduquem e a louvem com olhar caridoso:
ela é um ser como nós, carne da nossa carne.

Morreu, olhos fitos no chão da nuvem limpa,
tal como agora, do busto que lhe ergueram,
ele pede por nós ao sol que nos socorre.

9

NOTURNO DAS VELHAS PONTES

As Pontes

As pontes sonolentas, sonhadoras do abismo,
andam pé ante pé e vão dormir nas margens
antes de transportarem o último homem só.

Fazem parte de Deus essas costas cansadas,
curvas de sonho e sombra e lâmpadas insones,
tristes de rio noturno em quase madrugada.

Uma rosa ao luar salva o desfiladeiro;
da rua salta a ponte ao jardim de uma praça;
vamos da vida à morte em pontes de suspiros.

Um bêbado se esvai diante de um poste e canta:
Ó dores que habitais os cálices sofridos,
por vós a noite cheira a mil violões partidos.

Jesus descia o vale entre a montanha e o Templo,
sonhando ser a ponte entre o deserto e a estrela,
asas da promissão rente ao desfiladeiro.

Pontes lembram o Pai-Nosso, ponte dos sete ais,
sete pedintes pausas do caminho estreito,
sete ascensões em ponte vertical e súbita.

Uma ponte mantém toda a cidade unida
por suas pernas de pedra, por seus braços de ferro,
margem a margem se estende a vida que nos gasta.

Uma ponte de Deus, mais antiga que as nossas,
firme na rocha viva, alta nos candelabros,
nos transporta do Sopro ao convívio dos santos.

10

ESTROFES DAS ALTAS TORRES

As Torres

I

Tijolos do construtor,
ofertas férreas da rocha,
prodígios bons do suor,
os edifícios são torres,
e torres de muitos nomes,
novas dores de Babel.

Nasceram todos de andaimes
equilibrados no azul
para o sustento das pedras.

Casinhas de Nazaré,
quantas de vós caberíeis,
pelo tamanho da fé,
entre essas vigas em cruz
que escondem sob o concreto
os braços do meu Jesus?

Torres de coração, destino e sonhos,
os edifícios sobem aos céus levando as vidas,
e as vidas descem nos elevadores cheias de ruas,
voltarão depois ao seu único horizonte fiel.
Montanha, mar, vazios ou paredes manchadas
ao final dos cansaços acolherão pela janela aberta
a oração sem voz que existe em cada olhar.
As torres dos condomínios não se fatigam nem gemem,
e se lembram de Deus diante da antiga estrela
que leva pra além de nós o sentido da vida.

II

Essas bolsas de valores,
que habitam torres sem alma,
aflitas almas de elétron,
de tudo fazem comércio,
de campos, homens e tempos,
a cor do céu decidindo.

Poleiros de muitos vícios,
são águias esses painéis
das bolsas caras do lucro.

Cidades de muitas torres,
olhai pra cima e pra baixo,
ao céu subindo em clamores,
à terra descendo em bênçãos.
olhai que as torres são pontes
de vertical esperança.

Altos nessas vigias que computam e que matam,
os escritórios das cifras se debruçam
sobre corações apertados pelo consumo.
Eis as torres da usura entre açucenas
de inocências tragadas pelo inútil.
Torres que operam o vício e administram a fome,
lojas dos sonhos, cúmplices do século,
tendas aflitas do dinheiro, amai
o vasto campo azul das consciências
que andam lá embaixo, vivas, nas calçadas.

III

Das torres da nossa igreja
as ave-marias sobem
ao mundo das nuvens róseas
e chegam às harpas dos anjos
com as dores da nossa gente,
com as vozes das nossas ruas.

Ao fim da tarde o Senhor
costuma acender estrelas
para dizer que nos ouve.

Então responde a cidade
com as luzes dos lares pobres,
com os altos postes acesos
à noite que vai chegar.
As torres serão pastoras
cada qual com seu olhar.

Torres de ermidas, catedrais, mosteiros,
cresceis em cruz e terminais em pássaro
pra mais alto levar nossas mãos postas.
Em vós, porque sois nós em sino e canto,
toda oração da terra invade o céu
na ponta de uma lágrima que voa.
Concentrais nossas preces numa rosa
de fino olhar voltado para as nuvens,
e vedes por primeiro as graças virem
amar-nos como orvalho de consolo.

11

O ABRAÇO DAS TRÊS MURALHAS

As Muralhas

Nas muralhas sisudas mais antigas
as pedras cercam as cidades
com um abraço de mãe e de montanha
que conserva na sombra os rostos medievais.
Pelas ruazinhas, caminhos de orações antigas,
andam senhoras que são viúvas há mil anos
e enchem de saudade as catedrais.
O sol, que acende tochas nas muralhas,
demora nas verduras dos mercados
feitos de ferro e vozes de armaduras,
e à noite cada esquina tem sua lenda.

Anéis de rodovias e de trilhos,
as férreas suspensões que o tráfego criou
são as novas muralhas, são velozes
cercos de cargas, homens e destinos
que ora invadem ora protegem as urbes.
Módulos de comunhão, somas de anseios,
cidades serão sempre invioláveis
em sua história secreta de ensaiarem
possíveis reduções do Reino eterno.
Sempre um muro invisível há de abrigá-las,
enquanto crescem pra ser uma só.

São nômades muralhas velhos rios,
circulares Jordãos de alguns desertos
que habitamos sem normas dos profetas.
Sobre o verde que resta e que resiste,
geme a água que morre e ressuscita
nos olhos que têm fome e nos acusam.
João Batista trafega nesses barcos,
de novo batizando, mas agora
é a inteira cidade que se inclina
à sua água que a cerca, guarda e anima.

12

CORAL DAS ORAÇÕES

O Mosteiro

Monumentais mosteiros, como vos sinto
resistir na prece ao século adverso.
Abrigais a reunião de corações sagrados
onde a dor do mundo se transforma em cântico,
forjas onde Deus prepara a matéria da vida.
Porque a prece de recolhimento é energia pura
que prepara as essências santificantes.
Quando o coro rompe benignamente o cristal do dia,
como sobem ligeiras as vossas paredes,
levando para Jesus os pedidos dos olhos,
como gorjeia bem a solidão dos claustros!
O som total do universo seria um cantochão,
seria oferta definitiva a voz da santidade?
Tem mais poder o canto que o rosário?
Se estais vazios, sandálias invisíveis
estalam uma saudade em cada pátio:
são os vultos dos padres fundadores,
freirinhas belas como o céu que as chama,
tudo presente em vós, tudo cantando.
Fora do mundo, as celas protegem as cidades,
os rosários sozinhos enlaçam os bairros,
de cada crucifixo beijado voa uma absolvição
sobre ruas, pecados e pesares.
Quando todos à noite fecham o Livro das Horas,
e o coração se retira para um sono breve,
Nosso Senhor faz a ronda dos altares,
colhe de cada círio a súmula guardada,
o resumo de dor que iluminaram,
e Ele abençoa os átrios, os claustros que flutuam
na paz do seu amor aberto ao sonho.

LIVRO II

APOSTOLADO DAS PROFISSÕES

Instrumentos dos dons de Deus e das necessidades sociais, as profissões constituem as cidades para o destino humano e os planos do Mistério. São elas carismas, são bênçãos, ditames da evolução, vocações e conjunturas pelas quais atua a Providência para o prosseguimento do mundo. São o ser e o fazer reunidos em uma atitude humana da qual não se pode retirar o caráter de oferta e comunhão, qualquer que seja o momento econômico da história. O trabalho intervém na realidade com tal ordem de benefício e transcendência que as profissões, em seu sentido último, só podem ser entendidas como afirmações do dinamismo do Amor que anima a Criação. O exercício de qualquer profissão é marcado pelo sentido da ajuda e da solidariedade, é uma entrega, missão de quem professa a distribuição de bem que lhe cabe proceder no mundo. Muito do caráter de uma cidade terá sua formação na maneira como agem, se aprimoram e se articulam as profissões de seus habitantes. Deus dota as cidades de profissionais como quem esculpe uma fisionomia. Vejamos como eles brilham, sugerem e atuam em sua natureza de intervenção divina.

1

DISCÍPULOS DE LUCAS

O Médico

Os filhos das cidades chegam lívidos,
às vezes chegam rubros, perfurados,
prontos para o milagre, às mãos dos médicos.
São músculos finados, mãos trementes,
virtudes que resistem e fracas gemem
num desmaio em que Deus tomba com elas.
O médico os acode, e eles aflitos
revelam o corpo heroico que suporta
desde uma infância que viveu no escuro
a um sonho que rezou mas durou pouco.

(Meninos — disse um pai aos filhos médicos —
fazei por mim o que fazer não pude,
curai com olhar e bálsamo, curai
também com a drágea e o toque da Palavra:
as poções que sabeis não podem tudo,
mas se com o amor as derdes podeis mais.)

A cidade vacila em seus doentes,
sofre-os na carne e osso e alma dela:
eis que ela vive para o homem e o quer
santificando-a além dos alicerces,
vivo como a orquestra de cores de suas feiras,
como o vento que alarga as avenidas.

E tão íntimos são homem e cidade,
que o corpo dela também sangra em macas,
olha o céu das janelas dolorosas
e espera da alvorada o fim da febre.
Filhos da Providência, mãos seletas,
os médicos recebem esses tremores
e curam numa chaga o mal de um bairro,
e estancam numa veia a dor de um trânsito.
Eles curam por Deus o peito e a pedra
do corpo em que caminha a dor do mundo.

2

LIRA DO ENGRAXATE

O Engraxate

Sapatos velhos de mundo,
trazei à luz do meu pano,
ao banho da minha escova
o pó geral da cidade.

Trazei nas solas feridas
os sonhos gastos nas pedras
e tantos rumos que a vida
inventa pra nossa alma.

Sapatos contra coturnos,
veredas contra penhascos,
cajados de Deus venceram
calçando a flor dos espinhos.

Em botas de sete léguas
caminha o sonho do homem:
são sete notas de dor
esse rumor dos caminhos?

Sapatos, rotas vencidas;
Sapatos, cidade andando:
trazei no som de avenidas
o que vos vive cansando.

Sois asas dos nossos pés,
então pousai nos meus dedos
e me cantai o que ouvistes
de poças e pavimentos.

Ouvistes chuvas caindo
nos passos das esperanças.
Ouvistes das folhas mortas
uma esperança de paz.

Trazei a mim essas vidas
que sustentais pelas ruas,
que o lava-pés de Jesus
de alguma maneira lembro.

O beijo da minha escova
derrame um óleo brilhante
para a coragem dos passos
que ainda tereis de dar.

Sapatos, rotas vencidas;
sapatos, cidade andando:
trazei no som de avenidas
o que vos vive cansando.

3

CRUZ VIVA DO TRÂNSITO

O Guarda de Trânsito

No trânsito das ruas ofegantes,
há uma viva cruz rodando noite e dia
nos guardas que abrem os braços e combatem
o drama motorizado,
todo o latente sangue das esquinas.

Nas encruzilhadas há memórias de calvários,
de existências que se perderam no afã das cidades,
no ritmo sem paz ditado pelo século.
O guarda não deixa de ser o homem crucificado,
presença dupla de vítima e triunfo
chamando todos à proteção da vida.

Vigilantes do amor entre as feras do asfalto,
quanto suais ao sol e tremeis sob a chuva
para pregar o bem entre os pneus sem alma.

Esse trinar de apito sofredor
será filho talvez da flauta inteligente
que pedia ao Senhor a paz das caravanas
entre as impaciências de homens e camelos.

Os movimentos súplices dos guardas,
diante da enorme pressa alcoolizada,
são visíveis sermões de ordem abençoada
a pedirem por nós, nesse encontro das ruas,
o respeito devido ao suporte da graça,
à carne que clama a Deus entre as ferragens.

4

AOS ELMOS DE PLÁSTICO

O Motobói

O motobói é um cavaleiro andante
com seu elmo de fibra e corajoso plástico,
em seu pônei de ferro e de borracha.

Ele cavalga junto ao meio-fio
ou entre caminhões altos de risco:
vai de armadura negra sob o sol,
vem de viseira baixa sob a chuva.

Vence a treva habitada pelo medo,
cumpre sozinho a entrega pontual
das provisões de bálsamo e de vida
que as crianças esperam e que as donzelas
sonham na febre rósea de seus colos.

São cavalos de força contra as dores,
provedores anônimos, velozes,
de remédios e bens e de esperanças.
Esses filhos da urgência das cidades
aceleram nas mãos o processo das buscas,
dilatam a Providência em quarteirões distantes.

Quanto voastes pela caridade,
rapazes das bandeiras do comércio.
Quantos de vós morrestes sem cumprir
vosso alforje espalhado pelo chão.
A cidade não poupa os que a realizam
dinâmica e feroz e a tatear na pressa
o ritmo ideal que Deus tem para o Reino.

5

AS VOZES DAS FEIRAS

O Feirante

As tâmaras bonitas se acordaram,
os frutos do deserto estão acesos.
Vagens plenas de amor e de luz verde
dançam nos olhos, saltam para as bolsas.
Em rosadas manhãs ofertam as bancas
os tesouros da terra e do trabalho,
as cores sumarentas da fartura.
Vem do campo e do sol a voz das feiras.

— Nos frutos livres da terra,
ofertas das estações,
se entrega o campo à cidade
segundo a voz dos pregões.

Nosso Senhor das searas
plantou conosco, freguesas,
esses triunfos da vida
que vão para as vossas mesas.

Raízes que vêm vindo desde o Gênesis,
polpas que amaram a boca dos profetas
estão ainda aqui, alta clemência,
pra sustentar a carne que nos mostra.
E o arado perpétuo que Deus puxa,
da aurora até o sono do campônio,
passa ao longo da feira, debulhando
forças, espigas, multidões de bênçãos.

Peixes de arco-íris nas escamas,
guelras de muitas brisas submersas,
são dispostos em filas, são cardumes
que puxam o mar e o rio à luz das feiras.
Todo um belo curral abriu suas carnes
às lâminas felizes de mostrarem

as provisões vermelhas, os rebanhos
tangidos contra a fome da cidade.

> — O gado bom da invernada,
> os peixes da minha rede
> socorrem fomes e ruas,
> são graças que nos são dadas.
>
> As nossas vozes proclamam
> os frutos da caridade,
> os céus abertos na terra
> para a vida da cidade.

Carnes das águas, mansidões dos pastos,
sobre as lajes mostrai vossas primícias
aos lares que conjugam vossos nomes
em temperos, em brindes, em delícias.
O corpo da cidade vos deseja
nas bocas em que sois beijo e clemência.
Vós sereis sempre os pães multiplicados
por Jesus sobre a relva da toalha.

6

ANJOS ENTRE AS CHAMAS

O Bombeiro

A avenida arde de si mesma,
crepita o coração rubro da cidade,
vigas ameaçam estalar sobre a inocência.
De onde vieram as chamas desse inferno?
Vieram do erro, da indigência, da velhice,
que rondam como pontuais chagas futuras
os sistemas das coisas.

Poentes que se abraçam, as labaredas
são queixumes do ferro e da madeira,
gemem milhões de orquídeas na fumaça.
Onde estão, meu Senhor, os teus anjos treinados,
os que salvaram alguns justos de Gomorra
e amordaçaram a ira do Vesúvio?
Eles chegam em carruagens sem arreios,
silvam trombetas que anunciam a água,
escadas erguem pra escalar o medo.
Tem asas a coragem, e calça botas.

São anjos sobre o mundo esses soldados,
milícias felizmente desterradas
para salvar o amor de Deus das chamas.

A água batismal prevalece sobre o fogo pagão,
e o incêndio lagrima nas paredes salvas,
nos retratos das coisas encharcadas.
O cego não perdeu completamente a esquina,
calou-se arrependido o pássaro das ruínas,
os homens vão sonhar novíssimos tesouros.
Amanhã a cidade esquecerá seus anjos.
Ninguém perceberá na fumacinha última
um incenso sem nome erguido pelas cinzas
aos homens que cumpriram a Providência. E amaram.

7

OS CLARINS CANTAM DE LUTO

O Policial

Os ventos esfarrapados da miséria
semearam a maconha no morro e fugiram.
Ficou o comércio negro nas mãos das crianças,
sob o teto de homens tristes
e mulheres tísicas.

Então os crimes sobem e descem essas ladeiras,
de mãos dadas com a fome e a ignorância.
Armou-se a artilharia dos excluídos,
aqueles que o mar expulsou para os rochedos,
aqueles iguais a nós que evitamos olhar.

Nosso fino pecado exacerbou-se,
voltou-se contra nós: balas perdidas
são setas que atiramos contra Deus
e nos retornam.

(Amaldiçoamos o mal que inventamos
e poucos veem na favela um clamor,
nossas mãos, carcomidas de impiedade,
que não sabem rezar mas clamam aos céus.)

Jamais vencem pecados os fuzis.
Um soldado subiu mas voltou morto
da inocente favela que assassina.
Toda a cidade estava morta nele,
era um de nós que viu de perto a treva
e tombou de si mesmo em nossa culpa.
Um só clarim cantou todas as lágrimas
pelo morro, por nós, pela cidade
triste do amor que sabe e não realiza.

8

COPLAS DOS BALCÕES

O Balconista

Gentil mostra-se o mundo nas vitrinas.
Oferendas do campo e das indústrias,
de ferro e pano e de potássio e luzes,
atravessam o cristal e nos espiam.

Anfitrião da loja, o balconista
recebe o nosso anseio e nos decifra.
Ata os volumes bons às espáduas do dia,
mitiga a sede azul de nossas asas.

— Onde tenho pro moço uma lanterna mágica
que mantenha na sombra o sorriso da amada?
Por quanto venderei a caneta e o mistério
que esgotam uma canção no silêncio da página?

— O homem que levou todos os sons do mar
no disco em que uma voz consolidava as ondas
tem no rosto que sonha a mesma cor benigna
do menino que leva um castelo no bolso.

— Quando moço atendi as receitas dos velhos,
pesei a flor do trigo e proclamei a lã;
depois buscou-se em mim as lâmpadas difíceis,
hoje entrego os rosais aos sonhos sofredores.

Os servos dos balcões sabem dizer
como as graças transitam nos presentes,
quanto pode o salário abrir-se em grãos
e a cidade ter guizos de bazares.

Deus, que sustenta a safra e inventa a máquina,
contigo, balconista, embrulha e entrega
as pequenas e as grandes provisões
que Ele nos manda sem dizer seu nome.

9

ORAÇÃO DAS CAUSAS

O Advogado

O advogado carrega na pasta os vícios do mundo,
tatuados na feição, na alma da cidade,
e reza sobre eles:

— Senhor,
os erros dos homens rondam a minha mesa
e devo fazer petições para desculpá-los;
deve o meu suor de ofício redimi-los,
ou súmulas buscar pra condená-los.

Esse aqui errou porque não conhecia
e logo o impiedoso voltou-se contra ele.
Aquele errou porque precipitou-se
e a imprudência largou-o à foice dos espertos.
Um outro, ainda jovem, teme o cárcere,
porque o mundo não obedeceu ao seu fervor.

Nós erramos, Senhor,
pelos vícios inerentes aos sistemas das coisas.
pela precária natureza do transitório,
porque toda a matéria e seu destino
gemem também para purificar-se.

Poupai ao homem, Senhor, as transgressões sem dolo,
em que talvez a boa vontade foi traída
e em que os erros às vezes são queixumes
da cidade perdida,
das pressas que espedaçam a luz do dia
entre as fomes gerais de toda a vida.

Jesus,
os pecados dos homens enrolam-se em papéis,
vestem a carne dos processos e choram,
ouvem testemunhas falsas e enlouquecem.

Todo pecado tem um pedaço das Tábuas da Lei
pesando em sua culpa.
Em quase todo crime uma oração faltou,
em quase toda cela há um sedento de Luz.

As dez palavras de Deus são o alicerce da cidade,
dez rochas que convivem de mãos dadas,
os fundamentos da paz sustentando.

E cada mandamento é um vestido de ouro
que pode a cidade exibir nas estações do tempo,
nas ruas abertas à alegria dos justos,
nos adros que convidam à santidade.

Senhor, não tirai da minha pasta só castigos,
esvaziai-a de toda a falsidade,
juntai aos meus papéis as páginas sagradas,
sustentai-a com o espírito da vossa Lei.

Dai-me, Senhor, um olhar que saiba
onde está vossa Justiça na justiça dos homens,
onde está a disposição divina no Direito,
para que a minha postulação tenha fervor.
E deixai-me ver a cidade vencendo,
longamente caminhando e crescendo
na transição da Justiça para o Amor.

10

CONSTRUÇÃO DA PAISAGEM

O Urbanista

O exato olhar cheio de geometria
percorre o corpo da cidade jovem:
— Meus senhores,
ali, onde a montanha é mais alada,
cerquemo-la com uma rota de pedras brancas,
atemos ao seu tornozelo o nosso caminho,
para que a oração dela eleve a nossa.

Ali, onde um regato lava a luz nos seixos,
façamos uma ponte de um só arco,
para que consultemos nossos rostos
salvos por entre as luas naufragadas.

Além, para Jesus, faça-se um lar
com alicerces que nasçam de uma rocha,
e ao redor dela os homens façam o dia
cantar e desdobrar-se em movimentos
de amor vivido entre perfeitos frutos.

Cidades movimentem os espaços da Terra
em linhas que ressoem a presença de um Vértice
que nosso olhar procura e nossa boca afirma.

Um sofredor olhar cheio de geometria
percorre a confusão de uma cidade adulta:
— Meus senhores,
restauremos os retângulos das rosas,
vamos fender a vertical das pedras
com horizontes de água e céu e árvores,
pra que saiam do chão os nossos olhos.

Enlacemos com volutas amáveis as fumaças
até que fujam das ruas respiráveis,
e o ir e o vir sejam bons e vitais
como o compasso do coração.

Porque não pode a aflição da vida
ultrapassar a prontidão da rede
que tem no mar de Deus sua confiança.

Ali, para Jesus, ergamos um mirante
de onde nos veja em ritmo evangélico.

As cidades concentrem as dimensões da Terra
em círculos felizes que nos girem
na criadora harmonia da Trindade.

11

O ARTESÃO DAS OFERTAS

O Cozinheiro

Fruto a fruto, grão a grão, carne a carne,
o campo entrega seus dons às mesas da cidade.
Antes da mesa, porém, a arte de uma faca
prepara lombos, músculos e asas
para realizarem seu destino de oferta,
a vocação de dar-se que há em tudo.

Os cereais são notas de alegria,
as verduras são danças coloridas
nas mãos que as ensaiam entre aromas.
E é muita a graça desse sacrifício
de forças reunidas que se entregam:
um murmúrio de altar orna a cozinha
e o fogo canta como um penitente.

Cozinheiro oficia e testemunha
que os campônios de Deus não cessam nunca,
plantam para nascer, colhem para viver,
tangem balidos breves como as dores
e tombam sobre a terra quais seus frutos.
Vieram das mãos deles
as sementes de Deus que sustentam a cidade.

— Na cozinha, meu adro, se conjugam
litúrgicas potências do alimento.
Recebo-as como dízimos da terra,
trabalho-as como pão da eucaristia,
entrego-as como óbolos de amor.

Jesus vê por meus olhos lautas mesas,
substâncias que amei com sal nos dedos
e tudo preparei como oração.

Sirva-se ao homem o ágape da vida
nessas tenras delícias que celebram
a presença do Pai nos alimentos,
a mística da terra aberta em frutos.

12

O PASTOR DAS RUÍNAS

O Guia de Turismo

— Senhores, eu vos mostrei o lago da montanha,
o sol da meia-noite e seu trinado azul,
o cabrito que come a flor gelada,
o abismo das águias,
o deserto e sua água enfeitada de figos.

Vede agora esses totens pensativos,
dignos em sua postura de ruína circunspeta,
os homens os fundaram como presença do Enigma,
e tais pedras, sem sangue e sem perdão,
foram suficientes para gerar uma cidade,
um povo que durou milhares de estações.
E embora o rosto esculpido na rocha
não lhes respondesse,
os homens o amavam e prosseguiam por ele,
e a cidade durou até a última prece.

Mas eis que vos foi dado um Verbo que responde,
uma cruz que absorve todo o erro,
um sentido final para os cansaços.
E já vedes que vossos dons são transcendentes,
que vossa graça envolve a dimensão urbana.
Então vossa cidade não está fora do Verbo,
nem resistirá para sempre aos Mandamentos.

Se pudéramos, sob um totem,
criar uma cidade que venceu pequenos séculos
e era civilização também cheia de sonhos,
é certo que poderemos, sob a Encarnação,
que mais claro responde quanto mais a amamos,
criar a justa cidade, a precursora
da celeste cidade que será o Reino.

Então um como eu vos mostrará:
os homens do amor
lembrando sem saudade o tempo da justiça;
a terra e os corações preparados para o Retorno,
e os abismos todos vencidos pelo Cordeiro,
na cidade capaz da comunhão perfeita.

LIVRO III

PASTORAL DOS INDIGENTES

Há os tipos humanos clássicos da infelicidade, ao menos pela aparência com que contristam o mundo. É a grande massa de deficientes e marginalizados, os filhos da indigência, clamores ambulantes que põem as cidades constantemente de mãos postas. O termo indigência é empregado aqui em toda a sua amplitude dramática, abrangendo as tristezas físicas, morais e sociais. Já se observou que a infelicidade é incompatível com o destino do homem, isto é, com a meta que lhe reservou o Criador; mas o sofrimento não é oposição fatal à vida, é condição da existência, o caminho para a meta. Assim, esses protótipos de infelizes carregam, a um só tempo, a marca da nossa culpa (pelo erro das inclemências de toda a natureza) e o sinal do Mistério (pela demanda de caridade, que salva quem dá e quem recebe). Nosso destino é a felicidade, mas o caminho até lá supõe o sofrimento, todo este coberto pelas bem-aventuranças e sujeito ao nosso amor na medida de que é capaz a nossa misericórdia. A vida em sofrimento não é a não-vida, ao contrário, é a vida flagrada num ponto de tensão que a exacerba entre a intuição da felicidade e a contingência. No meio dessa complexidade, que esgota a inteligência, mas não emudece o espírito, o apelo da Providência à caridade é visível na concretude de nossos irmãos. Eles compartilham conosco a cidade, o nosso corpo coletivo, a dimensão que nos liga e nos deixa corresponsáveis, até onde podemos ser, pela qualidade e beleza do caminho.

1

ESQUINAS DE JERICÓ

O Cego

O cego conhece as esquinas da cidade,
de apalpá-las sabe o quanto absorvem da vida,
da qualidade de vibração das pessoas que as cruzam.
Esquinas há de alegre palpitação como as do riso
que vibra no colégio à hora do recreio.
Há as de lento coração de rua amarga,
cativas de horizontes sacrificados aos prédios.
E as mais tristes são quase um soluço pétreo
diante de tantas recordações do centro antigo.

Com a bengala que lê as calçadas e os muros,
o cego visita uma a uma as suas esquinas,
leva-as como irmãs a passear pelas praças,
ama-as com seu olhar interior e fiel
e pode vê-las como são: humanas
contingências de pedra e criatura.
Às órbitas sem luz corresponde a claridade eficaz
de um juízo que vê secretamente os rostos já perdidos,
nítida é a realidade no coração de um cego.

Ó cegos que auscultais os segredos da cidade
pelos ventos, pelos sons, pela visão da alma,
repetis Jericó e Jesus vos confirma
mendicantes da luz entre os vícios dos homens.
Mas sentis que vos cerca uma cegueira outra,
uma pressa sem paz que embrutece avenidas,
destinos que não se olham e se atropelam.
Toda cidade há de rezar em vossos olhos mortos
pela Luz que nos veio e nos espera e ama.

2

PÉRIPLO DAS MULETAS

O Aleijado

Muletas arrancam das pedras eco sofredor:
sob o golpe claudicante desse passo delas,
brota do alicerce da cidade um desalento,
e o sol adota o ritmo da madeira sobre a calçada.
Passeio de aleijado em quarteirão,
entre esquinas e anúncios e buzinas,
é rápida volta ao mundo, tantas são
as ilhas, gentes, precipícios, dores.

— Muletas de meu Deus, cruzes que abrigo
sob as tendas sofridas da clavícula.
Lentamente o caminho me percorre
enquanto revisito o anonimato dos homens
e a sujeição das pedras,
as lojas separadas como países,
os clientes misturados como povos,
os panos tatuados como bandeiras.
Súbito alguém me ama
no clarão de uma moeda.

Porque devo baixar constantemente os olhos,
tudo que vejo vai de mim ao chão
e se ergue depois com um pouco do que sou:
o distinto habitante em que coxeia o dia,
a viva lentidão que a cidade carrega
no compasso infeliz do meu híbrido passo.
Eu e a cidade nos carregamos simultaneamente
e é visível nosso repouso quando paro
para entender o mundo que nos resta.

Vida espiritual é pausada e difícil?
É assim como ando, apoiado e lutando.
A graça me sustenta e as hastes me seguram.
Quem sabe mais que eu onde se apoia a vida?

Toda cidade claudica em sua história,
tropeçando e crescendo em precipícios
como um andar sem as pernas que prossegue
em asas que se arrastam suspirando.

Eis que de muletas sei e ando a cidade,
cumprindo em mim o périplo do mundo,
e volto ao meu coração sabendo mais:
que a cidade também anda em meus passos,
de longe me conhece pelo andar da minha cruz.

3

ESCRAVOS DAS PAPOULAS

O Drogado

No conluio das sombras, jovens tristes
fumam diante do dia a alma das papoulas
e em bêbadas translações rodam no quarto,
giram em mundo veloz nas espirais do ópio.

A cidade os tragou em sua vertente negra,
reduziu-os a pó dependente de um pó,
a vultos que namoram imagens fabulosas
de arco-íris nas baias e alazões no templo.

Dormem como amontoados de futuros mortos,
sonham que comem a flor dos desertos mais puros
e o que bebem é a morte nas vísceras dos pântanos,
entre os falsos clarões da narcótica fuga.

Descem depois em malta aos bairros pobres
e aterrorizam a paz dos olhos mais cansados,
cumprem a sina do mal que ficou recalcado
na mente que não viu quando a oração chegou.

Bocas de fumo em fumo, almas de vício em vício,
no que vos degradais morre a vossa cidade,
no que vos contentais geme o nosso Cordeiro,
e sozinhos gerais pecados coletivos.

Nazareno Senhor que foste aos gadarenos
livrá-los do poder que ama os precipícios,
vem com tua mão de Pai sobre a raiz dos vícios,
seduz com teu apelo os que perderam o rumo.

E os deixa viverem essa vertigem santa
que vai da paz do mundo ao mundo de tua paz
e onde gira a cidade em seus jardins, suspensa
entre a terra que viste e o céu que prometeste.

4

OS CREDORES DE DEUS

O Mendigo

Mãos credoras de Deus dentro de nós,
cobrando e ao mesmo tempo nos salvando
em murmúrios que apelam à caridade,
os mendigos que batem à nossa vida
são coletores do que podemos dar das nossas graças,
das bênçãos que devemos repartir.
Em cidades e estradas inclementes,
cada um deles evoca uma página evangélica,
traz para o nosso tempo um gesto de Jesus.

Seja a criança que nos toca
como o bico de um pássaro sujinho; seja a moça
de colo tísico que se guardou para um bêbado;
seja o velho que esgotou as fórmulas pedintes,
todos podem ser um ponto de transmutação do nosso dia,
a ocasião de repetir o óbolo da viúva.

Há também os mendigos invisíveis
que somos todos nós, seres que buscam,
sofredores de sedes ilimitadas e sem nome,
sôfregos do perdão, do beijo, do olhar que nos sustente.

São infinitas as espécies de moedas
que temos uns para os outros.
Cada qual terá sempre um prato sucessivo
que rondará sob Deus a difícil oferenda.

Portadores da vida,
o canal da graça nos atravessa pelo meio,
da Fonte superior para os desertos,
e somos inesgotáveis.

Diminuamos porém as mãos que pedem,
transformando-as em mãos que doam,

porque é tão numerosa quanto os dons
a miséria invisível.
Essa transfiguração das mãos opera para o Senhor
a elevação das cidades.

5

ORAÇÃO DO RETIRANTE

O Sem-Terra

Senhor,
saio da terra que não era minha,
tangido pelo proprietário e pela seca.
Senhor,
saio da terra que não era tua,
banido pela fome e pela febre.

Ponho-me sem sandálias nas veredas,
largo-me ao sol que anda sobre espinhos,
e se lembro da flor que deixei longe,
pétalas de suor me lavam a sede.

Falaram-me da terra prometida
como prêmio da enxada e da oração.
Uma terra de terra, campo e mesa;
uma terra de céu, alma e perdão.
Pra mim o meu avô deixou-a em sonho.
Senhor, os netos meus a herdarão?

Minha família arrasto como um bando
de ovelhas sob a mira de fuzis.
Somos a cruz de trapos sobre o dia,
entre as cercas fechadas para a vida.

Senhor,
quando por minhas mãos semearás de novo?
quando te mostrarás na água do meu poço?
Só tu, que tiras sonho dos meus ossos,
poderás fatigar minha esperança.

Na cidade, no meu batismo de pedra,
ao me mudarem o nome pra *sem-teto*,
terei diante de mim a tua estrela,
a luz do Bom Pastor fechando a tarde.

Talo de cana velha é o meu cajado;
minha mulher, meus filhos, meu rosário.
Algo do teu amor sangra em meus passos
para florir no chão dos peregrinos.
Sigo no meu caminho a tua promessa.

6

SOB O CÉU DO VIADUTO

O Sem-Teto

Não cessa de trovejar o céu do viaduto
com suas vigas carregadas de raios e buzinas,
a ininterrupta manada de búfalos aéreos
e a ruína sucessiva de cada hora sem paz.

— Era janeiro frio no alumínio das latas
que guardam o tesouro meu, trapos e sobras,
quando fundei meu lar na rocha do alicerce,
sem paredes e chaves, só o vento soprando
as chispas da fogueira contra a minha sombra.

Duro céu de concreto sobre o meu cansaço,
sobre a pele retesada dos meus filhos.
Ó pesada e protetora, urgente asa de pedra
guardando o meu abismo entre as colunas,
como permeável és à oração dos meus olhos.

A cidade passa e percebe o meu almoço,
vê os cães me cercarem em meiga confraria;
teme que minha barba medite sobre assaltos.
Toda hora a polícia ronda o meu abandono,
descobre a impossível arma que não tenho
entre as lágrimas que afio noite e dia.

Não tinha o Filho do Homem onde pousar a cabeça
como tenho esta estopa que vestiu farinhas.
Nem tinha Ele a mulher que armou de papelão
a esquina em que me encontra ante o sono dos filhos.
E assim, na grata fé que me ensinou,
sofro menos na dor do que Ele no amor.

Com este quase nada que é meu tudo,
sem culpa vou dormir na vigília do Justo
que de manhã me acorda e me leva a viver
na suntuosa luz do dia que me cabe.

7

AS FILHAS DA NOITE

A Prostituta

Enfeitou-se para ti o poste solitário,
teu pontual amigo de lâmpada mortiça,
e te cobriu a espádua com o reflexo antigo
de uma lua qualquer vinda de Magdala.

Antes que o último cigarro herde o teu batom,
depois que teus olhos já atravessaram tantas sombras,
chega o homem do vício em seu carro de prata,
te dá um nome falso que logo esquecerás.

Dançarás, cantarás, até que as taças deixem
e se esgotem os refrões dos mais árduos boleros;
até que em teus quadris todo o salão concentre
a volúpia total que acaba em sete abraços.

Dobrará teu pecado esse que está contigo,
e antes que cante o galo do arrependimento,
atirará um moeda de fogo no teu colo
e bêbada te largará na primeira esquina da aurora.

A cidade te quer como legenda viva
que restou de Sodoma séculos a fora
e manterá na escória do desejo adúltero
teu corpo sofredor como templo violado.

Que encontres em Jesus o amante de tua alma,
o que te pode dar as luzes verdadeiras
e fechar o teu corpo ao beijo do pecado
e abrir a tua vida à graça do perdão.

8
ÓRFÃOS DO SALÁRIO
O Desempregado

Numa só avenida milhares de vias-sacras
se arrastam na manhã dos que não têm trabalho.
Corações e sapatos à míngua de salário
de novo acamparão diante das fábricas,
tremerão de esperança e voltarão sem nada.

Adoecem as cidades nos braços sem funções,
nas forças que se perderam em dias parados.
Toda essa busca anônima pode desnaturar-se
e render a sua sede à água das tentações,
pois o pão que falta ao filho esquece os códigos.

— Senhor,
quero o suor das horas no meu rosto,
o sacrifício geral da pequena obra diária,
a silenciosa oração das honradas fadigas.
Quero o meu amor em minha ação no mundo,
sentir que a Providência atua em minhas mãos,
ser cogestor de tua incessante criação.

Junta-me o desemprego a ti na prece,
por vezes vens a mim na caridade dos outros.
Mas não me vejo nas tuas construções,
não tens ordens para mim em teus andaimes,
nem as contas me pedes no final da tarde.

Não me contares, Deus, entre os teus operários
dói tanto ou mais que a fome posta à mesa,
é como se tivesses esquecido o meu nome
e me fosse negada a comunhão contigo
na hora de cada um mostrar a sua oferta.

Murcham os dons que me deste como frutos
que não tiveram a hora de entregar-se.

Pesa mais, meu Senhor, a cruz dos sem-salário,
os que veem estender-se a infatigável messe
ante as mãos que suplicam as safras impossíveis.

9

A CIRANDA DOS LOUCOS

O Louco

Os loucos sabem dançar
com os postes menos pesados;
os loucos sabem soltar
dos bondes mais apressados.

Os loucos aprendem a ler
nas nuvens sem alfabeto;
os loucos sabem fazer
da sua sombra seu teto.

— Senhor, que pensam de nós
as mentes ditas sem luz?
Que dons recebem de vós
para viver a sua cruz?

Que buscam pela cidade
os loucos cegos sem guia?
Um cisco da eternidade
no olho zonzo do dia.

Já não existe pecado
na vida dos sem-juízo,
nenhum perdão lhes foi dado
porque não fora preciso.

No olhar do louco há um vulto
que zomba de nossa história.
Será de Deus outro culto,
sem fé, sem paz, sem memória?

— Rodemos, irmãos, rodemos,
não temos nenhum demônio:
somente aqui não vivemos
o sonho dos nossos sonhos.

A terra quer ser roseira,
a rosa quer ser mulher,
não há ninguém que não queira
ser louco quando quiser.

Quem é mais louco: eu dançando
com a pose de general,
ou o banqueiro pagando
a bomba contra o hospital?

Quem é mais pobre: esse cão
que come a flor do meu tédio,
ou o janota ladrão
que vende de areia um prédio?

O nosso mundo é real,
só gira enquanto cantemos,
não é do bem nem do mal
e muda quando queremos.

Amamos nossa cidade
além da alma e da mente,
o diabo na caridade
e Deus pecando na gente.

Senhores da razão pura,
quem pode nos responder,
qual é mais bela loucura:
viver, amar ou morrer?

10

FÁCIES LEONINA

O Leproso

O leproso que vivia no jardim da igreja
parecia um duende escondido entre acácias,
e o banco em que dormia de frente para os sinos
tinha um verde cristão de musgo atormentado.
Um dia, na procissão de *Corpus Christi*,
eu o vi penetrar nas chagas de Jesus
e surgir junto a mim com um cântico na boca.

— Ó meu amigo, disse-me, não sei como saí
das entranhas do Justo,
tantas eram as páginas que me sufocavam em seu sangue,
e as vozes de paixão dos santos reunidos
na catedral do coração repleta.
Os sete dedos que me faltam, lá os encontrei
como sete pecados me apontando.

— A lepra interior não corresponde a do corpo.
Podes ficar tranquilo e terminar tua prece.
Se de ti algo mal te foi mostrado em Deus,
já te foi perdoado.

— Quase curado estou, mas dos tempos antigos
restou como atadura o estigma de imundo.
Não vivo nestas ruas, mas nas catacumbas
como presente horror da maldição passada.
As tendas dos meus avós, erguidas em monturos,
ainda vivem ao redor da minha solidão.
Não deixa de temer-me a gente que me trata,
de mim foge a cidade, e foge com mil pernas.

(O toco de uma vela pingou entre os três dedos,
e estremeceu um pouco a face de leão.
Uma brisa talvez vinda da ave-maria
trouxe um pouco de orvalho aos olhos penitentes.
A mutilada mão salvou toda uma tarde.)

11

LUZ VISITADORA

O Encarcerado

Longo braço de sol entre os ferros se estreita
e deita algo de céu nos olhos prisioneiros.
Vários anos mancharam as paredes da cela,
já são mil ou são mais os dias castigados
entre a culpa que volta e o perdão que não chega.

Visitadora luz, forçosamente levas
o rosto a levantar-se no ângulo de prece.
Mesmo que não o queira, entra em estado de súplica
o coração que sobe pela luz que desce.

— A cidade chamou-me aos seus abismos,
desde criança vi no olho de uma fera
o cabo de um punhal querendo a minha mão.
Deram-me de mamar as tetas do subúrbio,
cheias de fúria e fel como cantis de crimes.
Numa tarde de cinzas, quarta-feira, a morte
voou do meu ciúme ao peito que me amara,
voltou depois a mim e decepou-me os laços
que ainda me prendiam à comunhão dos livres.

— Senhor,
a João Batista, no cárcere,
tu mandaste a notícia redentora,
a alegria que imobilizou o cutelo próximo
e lhe abriu a visão do Reino caminhante.
Era aquele mundo mais crente do que este,
era o pecado lá mais intenso que aqui?
Um só é o coração, mesmo punho de lágrimas
que fere e se espatifa em água que suplica,
só temos um altar para a graça e o castigo.

E todos os que fazem a pastoral do cárcere
em algum ponto ouvem da oração que fazem:

— Veste a tua caridade, homem da comunhão,
prepara-a como um anjo e a leva a passear
entre as sombras humanas dos presídios.
Acende-a como clarão que reanima a liberdade,
o espaço cristão da clemência infinita,
pois sempre um pecador será pássaro triste,
mas capaz de voar para o perdão de Deus.

12

SUSPIROS DO EXÍLIO

O Exilado

Nos olhos do exilado, um bairro muda de cidade,
uma cidade muda de país, e as esquinas
mudam constantemente de lugar.
A geografia do exílio é uma interpenetração dolorosa,
de espaços e tempos, a possibilidade de um mar
ficar todo contido numa taça, e alguns rostos
entrarem na moldura de outros quadros,
e um velho sapato ser tão jovem
quanto um parque distante.

— Saio pisando minhas calçadas
em ruas que não são as minhas,
em ônibus de outro continente
revisito as minhas praças,
e sem querer transfiro uma montanha
para um quarto de mínimo horizonte.
Sou um homem dividido em dois países,
outro povo circula junto ao meu
neste corpo que oscila entre fronteiras.

Ó minha cidade,
visita-me com tuas avenidas,
que tantas vezes deixei de olhar
enquanto me sustentavam o passo sem destino.
Cerca-me com teus pássaros de incontável ajuda,
serve-me o mais esquecido pão de tuas tabernas,
preserva-me para a volta ou para a morte.
Uma só de tuas igrejas, vindo agora,
bastará para sempre à minha fé.

Lutei para que os códigos que pesavam sobre ti
te fizessem mais bela
e reuni no meu peito as vozes dos teus filhos.

Temeram a minha espada só de versos
e como se arrancassem uma raiz da terra
me separaram de ti.
Olho pela janela inesperada de outro mundo
e me sinto menor que o mendigo lá embaixo.

Mas esta cidade, como é tua irmã,
depressa absorverá a tua índole amável,
e logo as tuas pedras, estando nestas ruas,
hão de comigo andar, hão de comigo estar,
no milagre que Deus só reservou ao exílio.

LIVRO IV

OS ESPAÇOS GOZOSOS

Neste livro começo a rezar o rosário das cidades. Os mistérios aqui são espaços, e todo espaço é receptáculo do mistério ou o lugar da sua celebração. No rosário bíblico, os mistérios gozosos cantam a anunciação, a visitação, a natividade, a apresentação e o encontro no templo. São episódios da encarnação, todos eles marcados por ofertas dialógicas da revelação e tocados pelo júbilo que os unifica e funde a circunstância ao transcendente.

A evocação e a representação dessa quíntupla alegria não poderiam desaparecer da terra, tanto pelo que têm de síntese consumada quanto de esperança recorrente. São eventos que guardam colunas, são fontes primárias da fé, notícias cujos nexos com o mundo as cidades — espaços maiores da comunhão social — de alguma forma integram em sua índole, nas diversas formas de celebração da alegria cristã. Aliás, três dos mistérios gozosos ocorreram em espaços de acesso público, envolvendo campo, praça, pessoas de variadas classes, templo, caravanas e discursos. É natural portanto que se possa identificar nas cidades os lugares onde, muitas vezes sem percebermos, desfiamos as contas da alegria e da esperança, imersos e triunfantes no mistério e na certeza da notícia evangélica.

1

OS VENTOS ANTIGOS

A Praça

A praça é o lugar dos ventos mais antigos,
nela os grandes alísios cofiam as suas barbas,
descansam suas bengalas os favônios memoráveis,
e todos permutam seus fardos de lembranças:

— Eu sou o que soprou nas bandeiras reunidas,
numa hora de adeus que mais chora na volta,
feriu-me como o frio o fio das lanças frias,
saiu toda a cidade para a guerra.
Depois eu vi chegar os rapazes triunfantes,
e nenhum percebeu que arrastavam o lamento
de viúvas e irmãs e noivas de mil mortos.
Então me extenuei rompendo as nuvens negras
que vinham sem perdão sufocar a cidade.
porque demais pecou-se no fervor da luta.

— Eu sou o que assistiu a fome armar o campo
e uníssono tornei os clamores dos pobres,
esfarelou-se em mim o duro pão ausente,
e tinham as mãos dos velhos os pregos dos tributos.
Eu ouvi que na boca dos que plantam e não colhem
envelhecem e não morrem as palavras mais justas,
substantivos são que Deus sabe de cor.
Então me associei às aves que semeiam,
em chuva misturei-me às preces das sementes
e envelheci de amar as mais fortes colheitas.

— Eu sou o que dançou ciranda com as crianças,
e sorrisos molhei soprando a água da fonte,
minha invisível cor brilhava de alegria,
velhos e jovens vi cantarem de esperança.
Os tais beijos azuis das estrelas da tarde
aos rostos recolhi e aos balões e às tranças,
porque tudo chamava algum sinal divino.

Então movimentei a luz da rosa verde
sobre a hora da infância e a sombra da velhice
pra que houvesse na praça uma esperança unânime.

Os ventos anciãos assim pregavam às brisas,
que saíam a pedir para a vida das praças
menos dor e mais festa em comunhões repletas
da paz que é bem mais bela na esperança alegre.

(Sabei, homens, sabei: além das fontes,
dos canteiros amados pelas cores,
da nômade oração de pombos e mendigos,
são os ventos que habitam as moradas das praças
e aos monumentos dão, e às vidas que as percorrem,
o repouso que vem de horizontes benignos
falar do céu de Deus ao céu dos nossos olhos.)

2

PASSOS ILUMINADOS

O Calçadão

A mulher leva a passear o seu tesouro,
leva-o na tenda que desliza sobre rodas,
e a sua relíquia é a criança de meses
libando ainda seu leite numa fonte plástica.
— Meu passo é lento porque vais comigo,
seguindo devagar um raio da manhã
que acordou na calçada e vai diante de nós.
Apresento-te, filho, à cidade luzente,
sempre mais colorida ao sol novinho,
e recebo alegria dos olhos que te beijam.

Passa um homem veloz, de miocárdio sensato,
com a força tatuada em seus tênis alados,
o rosto contra a luz que o olha da montanha,
e se move a montanha, vem pra mais perto dele.
— Corro mais forte porque estou contigo,
ó cidade que tens botas de sete léguas,
preciso te alcançar antes que a minha agenda
a gravata me aperte em trinta compromissos.
Angústias que ganhei dessa aflição urbana
correm de mim que corro ao sol que vem de Deus.

Jovens convidam um banco a lhes ouvir o amor,
recitam antigo credo cujo deus é o sonho,
tocam flores as mãos, trocam luzes os olhos,
são matrimoniais as sílabas do êxtase.
— Paramos para ouvir como a cidade canta,
se o sol que Deus nos dá é igual ao que nos damos,
pontual e feliz como a fiel promessa
e o dividido céu que temos num só peito.
Retomemos o andar no ritmo da unção
que ouve sinos em nós e torres vê no espaço.

E muitos são os passos no interior da luz
que mais de um palmo tem acima da calçada
quando vemos que o céu nos quer além do chão.

3

CENAS DA MULTIDÃO

O Estádio

I

Ontem, os cansaços gerais da cidade
deram trégua ao domingo da bola,
e os corações vestiram equipamentos.
De um lado, os homens do balé vermelho;
de outro, os onze de uma dança negra,
e entre eles o juiz,
o apito que canta de chuteiras,
a reger as bandeiras, as línguas das torcidas.
Depois que um lance arrasa a geometria
e a parábola incrível enfuna a rede,
um pai cria no instante outra parábola,
sente pousar na grama um pássaro evangélico.
— Lê, meu filho, o símbolo do gol:
é uma alegria preparada lentamente,
com os pés ora no chão, ora no espaço,
e a feliz agonia olhando a meta.
Assim também, nosso viver no espírito
tem o chão do pecado e o céu que chama,
e vamos sinuosos preparando os dias
e os dias vão pra todos preparando a hora
que acaba como um gol na perfeita alegria.

II

Um dia, nesse espaço, a artista que sabia
como a luz gorjear na ponta dos espinhos
em sua voz concentrou os canários mais órfãos,
e cantou com o olhar voltado ao seu subúrbio.
A multidão sentiu que a música transpunha
a muralha do estádio e andava pelas ruas
a visitar por Deus as dores mais sozinhas

e as curava com o amor dos versos compassivos,
e às janelas trazia os mártires das sombras.
E voltava a canção para o aplauso das bocas
e tornava a sair para o enlevo dos tristes.
Na última canção ficou claro na noite:
aos presentes a voz reunira os distantes
e os recebera ali na aérea arquibancada,
visíveis no invisível próprio da comunhão.
Flautas que mais suspiram do que falam, as notas
finais dos violões, velhos irmãos do adeus,
palmas, silêncios, estrelas, fogos, luzes
as criaturas suspenderam e as coisas todas,
e o estádio ficou sendo o céu da cidade,
porque chegara o amor e cantara a esperança
e a súplica de um fez-se a oração de todos.

III

De tarde, no litúrgico treze de algum maio,
o padre consagrado à Mãe Intercessora
levou a procissão para rezar no estádio
e colocou o andor de frente para o altar.
Atenta estava tanto a imagem da Senhora,
que a muitos pareceu que era a primeira vez
que via diante dela a missa do seu Filho.

A hóstia então suspensa ao seio do crepúsculo
do sol absorveu a púrpura e sangrou,
sobre as preces sangrou como um pombo entre lanças,
que eram finas demais as lâminas dos salmos,
que eram fundas demais as lágrimas da Virgem.

Eis uma catedral pulsando no gramado:
sobem-lhe as torres dos suspiros altos,
descem-lhe bênçãos de andorinhas breves,
e sinos nunca faltam à passagem do Anjo.
Reza a Virgem a si mesma a ave-maria,
porque é claro esse templo, claro como o amém,
não tem peso nenhum sobre os ombros dos homens
e força eficazmente a comoção do Pai.

Maria se despede e volta ao santuário,
rezou como um de nós como jamais pensara
rezar em nosso tempo igual diante da cruz,
pois nunca a multidão lhe fora assim tão ampla,
gravíssimo rebanho em relva emocionada,
força que só se vê sem teto nem paredes.
Sozinha, logo após, dentro da igreja fria,
terá seu coração uma bela saudade
da missa que assistiu rezada num estádio.

4

CANÇÃO DOS PERGAMINHOS

O Campus

Cidade dos nossos pais,
torrão dos nossos avós,
aqui nos tens preparados
a dar-te nossos destinos.

O *Campus* tinha pra nós
herança de livro e busca,
acenos, asas de sonhos
bordando a luz do horizonte.

E eis então, ó cidade,
vivemos nossa promessa:
no *Campus* nossa verdade,
no campo novas sementes.

O *Campus*, o provedor
de mestres, mapas e lupas,
de lendas, leis e lições,
chamou-nos a conhecer-te.

Teu corpo vimos brotando
da luta dos fundadores;
teu rosto vimos nascido
de duradoura alvorada.

Um corpo-mulher querendo
a graça de muitos filhos;
um corpo-homem buscando
trabalho e pão para todos.

E nunca vimos maior
filão de fé e esperança
do que o fervor concentrado
e em ti, cidade, crescendo.

São pontes que vão nascer,
são creches que querem abrir,
escolas para fundar
tesouros que pedem usinas.

Riachos para curar,
lavouras para carpir,
e vidas novas, risonhas,
com forças puras nas mãos.

Agora já preparados
nas forjas gerais do *Campus*,
erguemos nossos canudos
que mais que nós esperaste.

São vozes dos pergaminhos
que te prometem, cidade:
teus sonhos são nossas obras,
as nossas obras, teus sonhos.

Juremos pelos luares
que vimos soltos no *Campus*,
por estas batas em festa
que dançam ao brilho de anéis.

Nós somos as manhãs novas,
os novos sopros de Deus
no tempo que é nosso e teu,
na vida que permutamos.

Quem pode mais do que nós,
se nos sabemos em ti?
Quem pode mais do que tu,
Se tu te sabes em nós?

5

QUARTETOS DOS FILMES

O Cinema

Levamos nossos sonhos ao cinema, vamos
com as angústias também, também com as nossas faltas,
vai conosco a cidade levada pela mão,
como criança vai, e como namorada.

Sempre um sorriso tem a moça dos bilhetes
como quem sabe ser um rito que começa;
e sendo embora jovem o porteiro parece
o avô que nos pagou uma entrada na infância.

Viva a fada que é anjo e o condão de milagres
que carruagem faz de uma abóbora e faz
o sol do amor arder ao som da meia-noite,
um reino todo amar o que é súdito e simples!

Cresça em casto boneco o nariz da inocência
que quer ir mais além que os medos da razão,
e cresça muito mais, indo a quarenta praias,
o peixe que salvou a devoção de Jonas.

Que o herói vença o mal de hidras e de touros,
aprenda sobre o mar toda a noção de abismo,
e o fogo que trouxer aos homens oprimidos
dure além de sua dor na rocha interminável.

Há o manto que cura as chagas dos leprosos
e um sinal da cruz que imobiliza as lanças;
relâmpagos abrindo os túmulos do Gólgota,
um Cordeiro que ascende e nos livra da morte.

A cidade se vê nos filmes, bate palmas
à sua evolução, rostos de burgo e urbe,
percebe que o melhor foi sonhado em seu colo,
toda a sombra da História anima-se nas ruas.

Horas que nos reunis na penumbra de ouro,
em nós multiplicai os sorrisos da paz,
as imagens de bem, de belo e de vitória
que submetem à luz as sombras mais secretas.

Filmes que comoveis, películas de vida,
quadros que vos moveis com o homem e seu destino,
mostrai como se tece a trama de virtudes
que nos salva no amor rente à destruição.

Saiamos do cinema abertos para a vida,
cientes de que o sonho é vário e universal
assim como a verdade é sonhadora e múltipla
e juntos nos remetem ao Vértice da História.

6

PALÁCIO DOS MERCADORES

O Centro Comercial

I

Na cidade antiga,
eram pobres os ricos mercadores,
abrigavam sob tendas batidas as provisões e as joias,
ou como mendigos dourados acampavam sob arcadas,
sedas arrastando sobre os séculos dos mármores.
Os olhos estendiam às bolsas das mulheres
que aromas namoravam dos jardins das lendas
e somente compravam as espigas do dia.
Recebiam depois, entre as colunas,
o coletor de impostos, subornavam-no,
com incontável moeda, a barba escandalosa.
Pagavam, à hora do almoço, com uma história curta,
os meninos que riam enquanto os ajudavam
a separar os fardos de frutas da estação,
tapetes que guardavam os símbolos bordados
em teares extintos.
Sumiam, pela noitinha, diante da primeira estrela,
e os cascos de seus camelos prometiam
voltar pela manhã nos sons de outra poeira.

II

Na cidade atual,
as lojas se reúnem num palácio
de escadas que andam entre luzes suspensas,
fontes que trazem rios para morar nas praças
e umedecer de sede os passos apressados.
Condôminos são hoje os mercadores, pajens
suntuosos talvez dos sistemas dos bancos:
servem cobiças de cristal e sorrisos certeiros,
nossas dívidas atam ao jugo dos carnês.

E param as mulheres sinuosas diante dos espelhos,
sandálias térreas compram e as usam como asas,
espreitam pérolas vãs temidas pelos cheques.
Vendedores apertam sem cessar finas calculadoras,
sons de festa percorrem o brilho das vitrines.

Nas praças da alimentação os pacotes descansam,
lado a lado com as bolsas, entre refrigerantes,
preparados estão na rota da alegria.
Um músico antecipa o ritmo da tarde,
homens bebem a cerveja que resolve tudo
enquanto for de espuma a palavra das taças.
Na alta noite cessa o passeio das compras,
o palácio se fecha e os mercadores contam
as promessas vendidas aos bolsos satisfeitos;
notícias ouvirão sobre o câmbio flutuante
e exatos vão dormir mas sem jamais saber
se mais rica lhes será a próxima manhã.

III

O padre de um povoado (num sermão
que pregou tão próximo ao rio da selva
que quase o ouviram os peixes de Santo Antônio)
disse aos fiéis reunidos na data da padroeira:

— Reavivemos a alegria de nossa ameaçada quermesse,
compareçamos aos jogos de baratíssima sorte
e às cheirosas barracas de pequenas gulas.
Passeiem as moças os seus olhos nos rapazes,
distribuindo o hino que acabaram de cantar,
e os moços que fizeram a limpeza dos átrios
ponham no alto-falante os bilhetes de música.
Salvemos o arraial, nossa festa de luzes,
que tem luar de Deus mesmo na lua nova
e bingos que sorteiam o pássaro e a boneca,
a novena que a santa reza junto conosco
para melhor passar o aniversário dela.
Porque, irmãos, lá nas cidades grandes,

é quase o arraial uma lembrança apenas,
não se passeia mais em torno das igrejas,
não há devoção alegre de si mesma.
As barracas e os ritmos das quermesses
foram substituídos pelos passeios nos Centros Comerciais,
em volta dos vários totens que inventamos
e só dois nomes têm: comércio e servidão.

Rodopiam e rodopiam, só parando nas compras,
desterraram de seus peitos as santinhas milagrosas,
não há cânticos, só monossilábicos cartões de crédito
que as máquinas decifram.
Peçamos ao Senhor que a nossa alegria perdure
nos arraiais tão bons de rezar e de viver
na camponesa fé que reza sob as tendas.
E todos possam, quando nos *shopping centers*,
considerar também que juntos buscam ali
permanecer em paz nas voltas da alegria
nesse novo arraial em que talvez, por nós,
Deus tenha ensinado os manequins a orar.

7

PISCINA E BOLERO

O Clube

A cidade gosta do Clube,
ama seus braços de domingo,
seu peito de música
e seu longo sorriso de piscina.
Gosta porque de cada frequentador que o procura
ele extingue a semanal cota de tédio,
e a descansa assim indo de corpo em corpo
e a renova então indo de alma em alma.

Há sérios homens de cabeça branca
que dama e xadrez jogam sem dizer que ouvem
os palpites das vozes de outras épocas,
sob o invisível olhar dos fundadores.
Nas cartas distribuídas como provisões de história,
os valetes são rostos que partiram.

Sob o sol que as espia qual menino
espreitando romãs numa tortura rósea,
mulheres de ondulados clarões passam bronzeador,
deitam-se sob óculos negros, sonham
e se deixam raptar
pela sombra de um pássaro.

Crianças levantam a água da piscina
numa chuva invertida da terra para o céu;
sorrisos brotam das ondas sem espuma,
mães batizam de novo as frontes de seu colo.

O meio-dia cobrirá como uma bênção
o telhado de pombos do ginásio,
raios se desviarão para as árvores baixas
e gritos de vitória irão juntar-se aos cantos
dos ramos visitados.

De noite, a cidade chegará em carruagens
com suas mulheres de cetim e leque
e homens de gravata e taça pronta.
Dançarão sob luzes, diante de cristais,
vinte boleros que santificaram as tristezas
no altíssimo júbilo que afinal percebe
que todo o drama das entregas humanas
Deus pode consolar num espaço de canção.
O sax dirá profundamente de um adeus,
mas pelos violinos de notas unitivas
casais abraçarão na festa do seu sonho
a noturna aleluia que ecoa pelo Clube.
A cidade despertará mais amorosa
ao lado das harmonias que amanhecem.

8
CASA DOS ARTESÃOS
O Centro Comunitário

A casa paroquial, assentada sobre a rocha,
tanto cresceu em piedade na hora das novenas,
que nela vieram reunir-se os súplices dos bairros
e as boas lideranças em ponto de florir.
E deu-se, na confluência dos que se procuravam,
a aparição do Centro como árvore súbita.

Hoje produzem paz as tardes das senhoras,
tecem mantos azuis para a Virgem das Dores,
bordam pombos que voam ao linho dos altares,
vestem de pluma e seda os anjos do Divino.

Homens aposentados pelos rios
se jogam em sua saudade ao corpo das madeiras,
suspendem palafitas que semelham garças
vazando para o céu os seus olhos de enchente.
Talham o rosto da lenda, e da rede em seus dedos
peixes voam na luz dos barcos ressurgidos.

Jovens encenam os passos da Paixão:
um magrinho Jesus, que tem nome de Pedro,
mais sofre sob a cruz a cada ano que passa;
Verônica é mulata e usa um lenço lilás;
Nossa Senhora tem menos de vinte anos.
E aprendem a viver o amor divino enquanto
cresce sobre o cenário a sombra da cidade.

O padre fundador é memória num quadro,
olha da eternidade o Centro em comunhão
e pede pra que a fé, a artesã da esperança,
tire de seu tear as preces mais capazes
de no Senhor cumprir as buscas da amizade.

9

CAPELA DO PASSAGEIRO

O Aeroporto

Capela de aeroporto tem um jeito de asa,
recolhe nossa prece em sua palpitação de pássaro;
voam num só amém chegada e despedida.
A cruz que mora nela, imóvel como as outras,
vence porém num instante as várias longitudes:
ei-la fincada neste e no outro aeroporto.
A cidade que fica e a que virá se juntam
nesse silêncio rente ao silvo das turbinas.
Coisas, rostos, nomes unem os meridianos,
gera o presente adeus a futura alegria,
mundos se tocam e entendem enquanto mãos se elevam.

— Senhor onipresente, Senhor das migrações
dos rebanhos que escalam as vertentes do azul,
dos que sofrem o deserto indo de fonte em fonte;
Senhor que dás às almas horas de translação
em torno desse círio fixo em teu nome
e os corações transportas como pombos tristes
aos ventos que são teus em sonhos que são nossos;
Senhor, eu terei de deixar a terra dos meus pais,
o colo que me dás como ao inverno a lã,
o rio que distribui os barcos ao meu povo,
a cidade que ecoa a voz dos meus sapatos.
Voarei pra encontrar o outro que sou eu
na terra em que me deste amor às catedrais,
na catedral que guarda o coração da santa,
a santa em que te dás para o meu coração.
Voarei rumo à luz dos perfumados claustros
para sonhar ao som das sandálias votivas,
e nas missas terei o preparo sagrado
pra celebrar-te em paz na casa das guitarras.
Senhor, dá-nos a decolagem íntegra das águias,
leva-nos em voo claro entre nuvens gentis,

e propício nos seja o império do horizonte
até o pouso feliz nas coordenadas certas.

Capela de aeroporto, quanto sabes de adeuses,
de malas que carregam sonhos de além-mar,
de mares que começam no portão de embarque,
nós rezamos em ti rogando às cinco estrelas
que recompõem a cruz na carta dos pilotos;
nós rezamos em ti pensando nas esteiras
rolantes da chegada e seus degraus de busca.

O aeroporto é um cais ancorado no céu
desse mais longo olhar que têm os aviões,
essas aves que sabem que a capela ama
o dom que os faz migrar de uma cidade ao sonho.

10

JANELAS PARA O MISTÉRIO

A Biblioteca

A cidade, que tem muros concretos
e alicerces óbvios,
tem no entanto janelas
abertas ao Mistério:
são as bibliotecas e seus olhos encadernados,
universais olhos sob os cílios das páginas,
tateando, ciência por ciência, arte por arte,
o oculto do claro, o claro do oculto.

Nosso Senhor acompanha a direção
das luzes que o procuram na matéria,
no sol interior de cada pedra,
em toda vertigem ascensional do espírito,
nas resolutas quedas para o alto.
Daí haver em cada livro uma bênção
que se completará na luz de nossa vida
de passageiros do Mistério.
Sabei: conhecimento melhor é o que revela
as feições e a presença do que amamos
e o incrusta assim, caminho do caminho,
como acontecimento sempre novo.

Nas bibliotecas, a cidade participa
dos patrimônios guardados pelas letras,
dos tesouros comuns do mundo,
e os redistribui como grãos sobre o campo.
Sabei: os ventos mais estudiosos,
os que proclamam o alívio das comunidades,
bebem antes nas fontes das estantes,
daí que quanto mais bibliotecas,
mais um convite ao bem vibra nas ruas.

Nas horas em que nos debruçamos nessas janelas,
olhamos através de muitos olhos

e vemos que a cidade sustenta a contemplação
de tantos anseios reunidos,
tantas mãos juntas nos gestos que atravessam
os véus inumeráveis.

Toda a nossa vida é um ligeiro capítulo
que decifra o Mistério enquanto o alarga,
e há nesse processo estrelas necessárias
a gravitar para sempre
na órbita em que giram os livros incansáveis.

11

ALEGORIAS

Festas Populares

A alegria usa máscaras nas avenidas;
dos barracões as passarelas nascem,
descem do morro as luzes de papel.
Um riso de pandeiro enfeita a multidão,
enquanto a noite canta os versos mais boêmios.

Os bonecos intérpretes das fábulas
têm cabelos de pano e pernas de madeira,
olhos que dizem tudo de emoções,
as brisas dos telhados vêm dançar com eles.
Em suas almas de plástico e de arminho,
a paz é tão feliz que gargalha das guerras,
e vão pelos seus braços sonhos operários
desfilar na cidade as evasões mais simples,
o festejado ardor das paixões quase puras.

Barcos que sabem navegar no asfalto
em seus conveses cantam histórias da cidade,
um teatro flutua e ancora nas lembranças:
os homens revisitam o tempo de criança,
a crítica e o louvor requebram num só ritmo.

O povo dança na inocência boa,
dançam sobre o pecado todos os perdões,
fardos de toda dor dançam abolidos;
cada momento veste a fantasia humana.
Há algo de divino nessa liberdade
que põe alma de povo em pássaros de vidro,
que esquece na canção lutas de um ano inteiro.
Nesse fervor suado anda um salmo esquisito
em que se santifica a vida em farra santa.

12

GRAÇA DO PICADEIRO

O Circo

I

Tudo vive e se estende em ondulações etéreas.
Também a alegria é um ser de ondas cósmicas
soprada na primeira hora da Criação.
Nasceu junto com a fé, na quase mesma frequência
da esperança e do amor,
mas são específicas a cor e a missão de seu destino.
A alegria percorre naturalmente o infinito,
demora-se em determinados estágios da matéria
para sustentá-los na dor da evolução.
Nesta etapa da Terra, ela acontece em hino,
de vária orquestração e de mensagem vária,
nos âmagos, nas bocas, nos silêncios,
pulsando paralela à passagem do efêmero.
E se veste conforme o que lhe pede o século.

II

Infinitas são as concentrações da alegria
sob concretas formas, assim como a do pássaro
em seu beijo na flor, assim como a das mãos
celebrando a vitória, assim como a do ventre
que entrega para a luz outro mistério vivo.
Mas há as mais sutis ou guardadas nos cernes,
como na bilha a água à espera de uma sede,
como na hóstia o trigo em forma de perdão,
e quando a luz se acorda pela ação dos ninhos.
Todo homem terá as secretas e as visíveis,
comuns e pessoais vertentes da alegria
integrando em seu peito as pulsações benéficas,
unindo-o à dimensão das santas harmonias.
E tudo pulsará como uma catedral.

III

No Circo, a alegria paira em gravitação densa
sob a tenda circular erguida pelos homens
e pródiga se entrega em seus tenros milagres:
trapezistas sem asas anulam o precipício,
um pônei cumprimenta a dama do chicote,
os bailarinos vencem os círculos de fogo.
Os pombos da cartola, os mais alvos do mundo,
olham dentro dos olhos das crianças
e alimentam com o bico a infância mágica.
A bíblica ternura invade o picadeiro
quando o cordeiro e o lobo atendem a mesma voz.
O palhaço o que é? Talvez um anjo híbrido
de duende e de fada, algo como um condão
que acende estrelas sobre o chão do tédio.

IV

— Respeitável público, a cidade se rejuvenesce
na alegria que compartilhais com vossas crianças,
e bem vos entendeis no idioma do riso
e sabeis conjugar o encanto e a inocência.
Na felicidade que temos podereis reencontrar-vos
com o que vos aconteceu na hora do sonho:
na ponta de vosso olhar, um êxtase sorrindo;
no golpe de vossa luta, uma trégua de bálsamo;
na alma que vos mantém, um toque de aleluia.
E podeis confortar-vos com a ilusão e os jogos
e levar nova luz ao céu de vossa casa.
Porque aqui é o espaço da clemência
descontraída e farta como o abraço
da graça que vos cerca e vos anima.

LIVRO V

OS ESPAÇOS DOLOROSOS

Somos mais parecidos no sofrimento do que na felicidade. Muitos são os rostos da alegria, mas apenas três logramos identificar no sofrimento: o *gemido* (de variada intensidade, inclusive a calada); o *desespero* (hora do suor gotejando dos círculos do inferno); o *abandono* (radical impotência — resignação? — que suaviza os paroxismos.) Três também devem ser as atitudes cristãs no sofrimento: *Sentimento de comunhão*, porque o mal é repartido entre todos, cada um de nós contribui, pela experiência inapelável da dor, para a superação misteriosa do mal. *Sentimento de transformação*, porque corpo e alma oprimidos se ensinam reciprocamente, gerando novas energias educadoras e libertadoras no campo pessoal e no coletivo. *Sentimento de ascensão*, porque a dor humana é diretamente absorvida pelo Espírito no processo de santificação cósmica de todas as energias. O coração do Crucificado é a fornalha visível dessa transfiguração. No plano terreno, sendo as cidades os territórios visíveis das dores coletivas, nelas há um plano de santificação para os movimentos da história e para as almas que os vivem, uma espécie de caldeamento básico das angústias integrais.

Convidamos a caridade para visitar conhecidos espaços de dor, levando-a a iluminar e mitigar a totalidade sofredora com o sentido transcendente da cruz.

1

PASSARELAS DA VIDA

As Ruas

I

As ruas da cidade são desfiles
de passos que se encontram e se despedem,
suados movimentos de vida
projetados no ar, no chão, nas pedras,
para formar o jugo das memórias.
As dores do passado, do presente,
sombras que não existem e já chegaram
estão nessas artérias circulando,
assim pulsa a cidade como um peito.

E passa o mundo em múltiplas feições:
olhos baixados vão rezando angústias,
olhos nas nuvens vão gerando o orvalho
que escorrerá nas horas penitentes.
Entre uma passada e outra,
o ritmo em que a vida avança e morre.
Se a chuva gasta o céu no chão de asfalto,
nas sombrinhas variadas nos tocamos;
enervam as águas dores parecidas
e os silêncios transbordam.
A passeata dos simples
finca uma bandeira no dia:
salário injusto
traz da usina uma dor
para a luz das vitrines.

Cidade, peito de muitas comoções,
quantos penares acampam em tuas esquinas?
Quanto de ti é belo enquanto corre,
enquanto busca, enquanto troca, enquanto sofre
no anonimato das ruas.

II

Jesus, passando aqui, não vê mais lírios;
pássaros são miragens só das torres,
embora insistam as rosas das sacadas,
que são rosas do céu, tão alto as vê.
Atentemos: máquinas cuja força são cavalos
disputam com o tropel de ansiedades
quem mais nos gasta o coração sozinho
entre tantos destinos.
— Chorei de Jerusalém as ruas altas
no incenso-sangue caro dos cabritos,
tão plenas do pecado ignorante.
Meu sangue agora é das esquinas duras,
das desobediências de semáforos,
tão plenas de pecado esclarecido.
Meus filhos,
rebanhos que ides tangidos pelas contas,
muito de vós sofreis pontualmente
sob o silício dos carnês vencidos,
e não vos contentais.
Meus filhos,
quanto ides em fila,
tão depressa quanto a vossa pressa
para crucificar-me entre as ferragens,
e não vos contentais.
Por saber que uma cruz existe em cada ombro,
e que em todo ombro fiel a cruz é asa,
primeiro a carreguei, e desde aí
a rua não é só rua é também via
em que da pedra à palma ides comigo.

III

Um homem estanca sua bengala e estuda:
há algo de comunhão entre os que não se encontram
mas repartem entre si caminhos únicos.
Eis que esse sobe a ladeira da infância
e se revê chorando entre rostos extintos.

Aquele desce ao rio desabrochado em peixes
no lugar onde a rua encontra os barcos,
e o homem é todo um cais sofrendo de horizontes.
Esse outro que foge entre os gritos dos guardas
pode ser um ladrão de apenas pão,
o caçador de migalhas
da rua rica que não quis salvá-lo.

Na dinâmica das ruas as vidas se socorrem
entre as sedes do ter e as fomes do querer,
e todos são pedestres do caminho curto,
e todos têm o pé na interminável estrada.

Meninas ruas dos meninos velhos,
velhas ruas dos velhos que se foram;
ruas que desterraram para longe
as sombras dos quintais.
Ruas que vêm de carro ao centro sufocado,
ruas que vão de ponte aos bairros esquecidos.
Ruas das invasões, das súbitas moradas
de madeira sem lei e febre e papelão;
becos que olham das janelas tristes
fumaças habitarem as nuvens ácidas.
Como viveis de nós, ruas que nos quereis;
como queremos vós, ruas que nos viveis.
E somos todos um nessa unidade
multiplicada em dispersa comunhão.
Sofrendo.

2

ACAMPAMENTO DAS DORES

O Hospital

I

A noite mais difícil transcorre no hospital,
entre orações gemidas, leitos brancos.
Um médico de fé visita os prontuários:
quer ouvir uma esperança nascendo
a cada palavra das dores.
(Ele reza às três horas da manhã,
quando é mais duro o cerne das vigílias.)

— Senhor, no acampamento das dores,
ei-los em torno a mim,
todos herdeiros de umas farpas da cruz,
mas perdulários do sentido da cruz,
relutantes na dinâmica da salvação.
Consola-os no ponto em que cessa a compreensão
e o mistério ora avança, ora recua
na ponta das seringas.
Recorda: cada homem, sofrendo,
é irrepetível chaga que interroga
os confins incompreensíveis do teu poder.
Deus, múltiplos são os lenitivos
como são as consolações,
mas uma só é a palavra de esperança
no centro do desespero:
Abraça-me, Senhor!

II

Uma cidade não cessa de gemer.
Mas não dorme o Anjo da Providência, nem vacila.
Seu coração recita a resposta necessária
a cada sofrimento, que ecoa nas Escrituras,

e sua palavra aprovam-na antes os desígnios santos
que as vontades da terra.

III

Ao doente de olhos crucificados na esperança,
que conheceu várias fisionomias da dor,
agora o Anjo sopra uma clemência:

— O sofrimento é uma dor e uma atitude.
Pela dor gemes, pela atitude aceitas,
e fica perfeita a tua oferta.
Porque é oferenda à santificação do mundo
a matéria se transformando pela dor,
descendo ao nível último do mal
para enxergar a fronteira do divino.
Elevou-se de ti a substância plasmadora
de novas luzes para novas almas
e regenerou-se o mal em tua decadência,
porque teus olhos viram a salvação
e compreenderam o destino do mal:
render-se ao amor de Deus em teus limites.
Antes que o primeiro bem-te-vi desperte,
de novo a cidade palpitará em ti.
O milagre comum das forças que retornam
baterá à porta do teu corpo como um amigo
e te levará a sentir pela primeira vez
as diárias ressurreições sopradas pela aurora.

IV

Tendo a noite fechada nos seus olhos,
o moribundo escuta ao longe a longa
fala que torna inútil a cor da escuridão:

— Vens pelo túnel estreito, vens subindo
à luz que nunca desce mas te chama.
Vens como Lázaro veio, sob dores,
mas novo adeus não sofrerás na carne.

Já cessaram sobre ti as despedidas,
murcharam sobre a terra as cruzes luminosas.
Teu último suspiro é asa de outra vida,
já pertence ao peito da ressurreição.
Agora vês: o Filho, coração do Pai,
te abraça e te mergulha na salvação anunciada,
onde permanecerás sem consciência do tempo,
como luz iluminada de si mesma.
Até que te aconteça a carne sucessora,
a restauração em azulíssimos ossos,
e recebas, na Jerusalém Celeste,
o beijo sorridente reservado aos salvos.

V

Quando a alvorada despertou o acampamento,
e as padiolas acordaram para novas misericórdias,
e os remédios confabularam novas esperanças,
o médico viu a Paz, pé ante pé,
o rosário desfiar ante todos os leitos,
sob todos os leitos sua mão repousar.
Um alívio geral selou todas as preces;
um segundo sem dor o corpo da cidade.

3

TERRITÓRIO DAS QUEIXAS

A Delegacia

Ferimo-nos como espinhos recíprocos ao vento.
Com as paixões, cegueiras da luz, olhamos para o dia
e saímos divididos para o único sol.
Pesada de infortúnios oferecidos à noite,
a manhã do delegado estala sobre a mesa.
Antigas novas rugas da cidade: ei-las.

A mão de um pai sufocou um sorriso de dez meses;
à anciã sem paladar deu-se um veneno tinto;
o crucifixo de prata roubou-o um negro triste;
a moça de olhos azuis faiscou claros delitos;
negou o amor de Deus a lâmina suicida.
Tudo é o mal, legião, estremecendo os códigos.

— Eis aqui, camaradas, a colheita das trevas.
Desprezaram a proteção das palavras da Lei,
vão sofrer sem perdão sob as pequenas leis.
Sangra a cidade aqui, nas mãos que se agrediram.
As viaturas recolhem das ruas os corpos das virtudes;
a renúncia, entre todas, é a bem mais mutilada.

Paixões conhecerão a estranha paz dos cárceres.
Os acorrentados dos vícios trocarão de correntes,
recolhem-se a outras grades esses abandonados
ao decadente ardor de humana sucumbência.
Na sirene veloz da viatura armada,
a cidade lamenta os seus filhos perdidos.

— De vós mesmos padecem as horas vingativas.
Mil vezes sangrais, sangrais por um só Corpo;
mil vezes ofendeis, ofendeis um só Rosto,
a vida defraudais por tão volúveis palhas.
E ides vos queixar sem vos olhar nos olhos
onde uma mesma Luz sempre vos quis em Paz.

4

GRADES DA PENITÊNCIA

A Penitenciária

Cidade, recolheste os teus homens mais fracos
e os reuniste numa úlcera geral e de ferro
que os sistemas denuncia e os pecados resume.
A grande queda gerou as mesmíssimas quedas,
e paixões de antigos nomes, as mesmas,
cercaram de desesperança os dias livres,
abismos se amontoam em poucas celas.

De noite os crimes trocam confidências.
Querem entender no escuro as estrelas perdidas,
e palavras são ombros arrastando correntes:
as esquinas das cidades desfilam nos assaltos;
a fome mostra que o pão pode gerar um crime;
o poder esqueceu a oração dos humildes,
tantas luzes de Deus não foram partilhadas.

Braços que podiam estar te construindo,
almas que podiam estar te iluminando,
tu as perdeste todas para o mal, cidade.
Mas Deus não as perdeu. O Bom Pastor as busca.
— Vós, os sem-perdão das transitórias leis,
sofreis no meu amor enquanto vos procuro,
enquanto vos perdeis porque não vos amais.

— Senhor, dai-lhes o sentido da penitência:
que se sintam não mais pagando por seus crimes
mas recolhendo aos céus orações atrasadas,
porque um suspiro há de claustro em toda cela,
e pode a reclusão, qual voto de renúncia,
na prece já viver a salvação que vem
sob a cruz que é uma só diante da mesma Lei.

5

LADEIRAS DOS EXCLUÍDOS

A Favela

Tangemos para os morros os rebanhos morenos,
estreitamos mendigos entre o mar e o céu,
e os simples fundaram a vida nas colinas tristes.
Ninguém os viu subir as ladeiras do exílio
onde foram forjar as suas próprias algemas,
porque têm de descer — vingança da favela —
para negar no crime as luzes de avenidas.

— Olhai os fuzis e as máscaras, tijolos de maconha:
não têm nome nem pátria, mas chegaram aqui
pra fundar arraiais de braços tão magrinhos
contra todos que pecaram contra a comunhão
e plantaram na fome os vícios de seus vícios.
Carregam sobre vós, drogas dos ombros largos,
a velha multidão de erros esquecidos.

Gólgotas multiplicados da exclusão,
as favelas sem paz crucificam seus filhos
sob as balas que têm mesmo metal das lanças.
E sobem, essas ladeiras, como mãos da cidade
pedindo o olhar de Deus sobre o infortúnio.
Até que sobre a terra a moeda sem alma
se converta em semente e cumpra o amor de Deus.

— Ouvi os cantos-queixas que as favelas rezam
nos altares sem pão de tantos esquecidos.
Vede as pinturas aflitas, voz dos muros:
gemem como ave-marias sob o sol.
Recolhei dessa guerra em que todos morremos
as pedras que restaram do perdão de Deus,
e construí no amor uma nova cidade.

6

FILA NOSSA DE CADA DIA

A Fila

O tempo, matéria que somente ante o Senhor recua,
nossa apreensão da eternidade em círculos finitos,
o homem o sofre, o desperdiça e o teme,
enquanto é carne, enquanto é busca e espera.
Toda matéria é súdita do tempo.

— Ó filhos que criei pra renascerdes!
Quanto perdeis da vida em vossas filas,
quanto sofreis no tempo que perdestes,
mas não perdestes tempo, mas a vida,
porquanto eterno sois morrendo embora.

(Bancos são pais das filas, miseráveis
que as ensinaram aos tribunais, aos hospitais;
e eis toda uma energia parada e gemedora,
a serpente das esperas dando volta ao mundo.
A paciência é o dom mais perseguido e trêmulo.)

Cessem as filas do dia, as mães da ansiedade,
nervos de muitos nomes nessas pernas cansadas
que se atormentam, crispam o corpo da cidade,
e estão de pé, mas ajoelhadas no chão lerdo.
Filas: a forma mais sutil de genocídio.

— Nessas esperas rudes do sistema esperto,
na distribuição injusta dos bens que proclamais,
lembrai-vos da esperança que vos dei, sem filas,
e ajoelhai em Mim nas nuvens salvadoras.
A ponto de explodir, lembrai dos lírios.

Sinuosos infernos, às vezes invisíveis,
meios que negam os fins dos bens mais justos,
as filas perpetuam, em dura comunhão,
as sementes manchadas de poder que crescem
nos ritmos sem paz das florações malignas.

7

PACIÊNCIA SOBRE RODAS

O Engarrafamento

Vede, na madrugada,
como estão limpas as veias da cidade,
como fluem fácil o fluxo e as flamas
dos motores-cavalos, motos, carros,
insones caminhões que estão mais dóceis.
Quase dorme de paz o Anjo das esquinas,
com um olho só velando os cruzamentos.
A maioria dos pneus descansam.

Logo porém as hélices da aurora
e seu ruído de pássaros e fontes
somem na saga preta dos pistões:
as rodas em suas hordas pontuais
reiniciam a confluência dos destinos;
consomem o espaço os dentes de embreagens,
nasce a fila mais longa, a mais algoz.
Todos bebem do inferno engarrafado.

— Dei-vos asas do sonho, dei-vos asas
de ícaro metal, turbinas gêmeas
vencedoras dos céus mais que os falcões.
E correstes distâncias, em relâmpagos
não sonhados nos peitos dos cavalos.
Mais eis que estais, aos olhos dos semáforos,
com ânsias de lebre e ritmo de lesma.
A cidade parece uma agonia imóvel.

— Senhor, é o engarrafamento punição
a tanta pressa inútil e dispersiva?
Se toda pressa agride o miocárdio,
então morremos sob e sobre rodas,
de angústia acelerada em ponto morto.
E assim, de asas prendidas no chão fixo,
semeamos nas ruas nuvens negras.
Não somos mais que esperas algemadas.

— Tendes ciência já, e prêmio amargo,
para saber do tempo a única pressa:
que convirjais no amor às rotas do sublime,
onde podeis ser lentos e felizes.
Recuperai a fluidez benigna
das ruas que ainda sabem andar em paz.
Vivei melhor o fardo das distâncias
e preparai o céu no chão que passa e fica.

8

LAUDOS DO IRRECONHECÍVEL

O Instituto Médico-Legal

Órfãos do alento azul que os sustentava,
chegam os corpos de Deus para necropsia,
e de dentro da morte falam para as lupas.
Num coração, entre imagens totais que a vida amara,
uma lâmina separa restos de oração,
para o nome saber da última dor.
Um médico revela: é a Maria, aquela
das matas do infortúnio, porque vejo
uma sombra de flor nos cabelos da morta.
Nossa feira perdeu a dama dos pastéis.

— Amados que depusestes vossa cruz
na anônima morte que a cidade esquece,
em lajes vos dissecam e vos separam em lata.
Sei quem sois, quem sereis e como e quando
passastes da vigília (toda vida é vigília)
para o sono em meu peito, em que despertareis
nas moradas de luz e rosas que não morrem.
Antes de vos decifrarem as fibras transitórias,
eu vos amei demais e já vos recolhi
no instante final que é só consolo e abraço.

O mistério não poupa a casa das autópsias.
Anjos da Guarda sabem as causas e as mortes,
alteram quase tudo mas nunca a última linha
do livro que escrevemos, passageiras notas
de nossa interminável história em Deus.
Por isso, anjos há que choram sobre os laudos,
de surpresa também, e também de saudade
dessas vidas que amaram e terminaram frias
nos bisturis que sondam os seus adeuses
em carne e cinza abertos, infinitos.

9

VOZ DAS CHAMAS E CINZAS

O Incêndio

Todo bordado de socorro e chamas,
um edifício sobe para Deus,
com vidas e retratos, leitos, sonhos
gritando adeuses na fumaça negra.
Hidrantes sem perdão sonegam alívio
à sede das mangueiras, e a cidade
sedia contra o céu a convenção das chamas.

— Chama mais velha sou, a que brotou do erro
de um fusível sem lei no quarto da velhinha,
e consumi primeiro fotos e rosários,
um canário cantando às labaredas.
Meu corpo constituído de aflições,
que não se consolou nas águas gemedoras,
já desfolhou no azul sua rosa de lamentos,
meu destino cumpri e me levaram as nuvens.

— Chama mais nova fui, e acabei sob a sola
de um coturno gentil que abreviou-me a sina:
um bombeiro me viu no canteiro inocente
avermelhando um lírio que acabou sem voz.
Antes eu já sofrera, antes já consumira
os pólens que habitavam os cabelos da estátua.
Agora que não sou, mais consciente sou
dos gritos que escutei das sementes da terra.

(Se as chamas já se foram, falam as cinzas;
e se as cinzas falaram, as chamas já estão salvas
pelo condão que têm as forças consumadas.
Deus levanta das cinzas a voz que pacifica.)

— Chamas que comoveis por terdes exercido,
contra vossa vontade, a vossa natureza,
agora vosso corpo somos nós, as cinzas.

Em nós vos salvareis nas brisas e nas nuvens,
e vos esquecerão na dor que não quisestes.
E vos consolarão as chamas que vereis
no coração do mundo a consumir do mundo
o pecado que dura e não se salva em cinzas.

10

ESTAÇÃO SAUDADE

O Asilo

Árvores confidentes enxugam nossos olhos,
recolhem ao coração dos passarinhos
os últimos suspiros das saudades.
Estamos a sós neste pátio de sombras,
onde só nos visitam os dias mortos, onde
a cada lembrança que chega parte a vida.
E nenhuma ginástica, danças, excursões
iludem esse crepúsculo geral
que vem na pontual aurora última.
Estamos velhos, pombos recolhidos
ao frio de um céu de derradeira prece.
Toda a cidade em nós é só memória.

— Meu pensamento arrasta suas chinelas
sobre a grama feliz que fez o chão da infância.
Ronda a minha boca já repleta de adeuses
um longínquo sabor de mangas sob a chuva.
Olhos vãos que atirei aos ninhos invisíveis
rápidos passam aos colos que enfeitei
com as rosas tontas de um soneto imberbe.
Triturou-me depois os dentes dos sistemas.
Pressões exorcizei com fortes extrassístoles;
batizei netos, desabei nos bares.
Vales que ainda esperam a água dos olhos,
as rugas, que nos revelam, não nos mentem.

— Eu, pobre de mim, pari nas brenhas
um poeta, um juiz e uma enfermeira,
três felizes sementes do zodíaco.
Para eles fui santa e lavadeira,
termômetro noturno que, nas dores,
com sua voz de mercúrio, aos chás rezava
preces que são mais graves na cozinha.
Perdi mais de um marido nos boleros,

ganhei altas varizes dos meus saltos.
Barriga contra o tanque de alvos linhos;
louças e escamas vivas contra as mãos,
as artroses de Deus me acometeram.
Deixaram-me depois, filhos e noras.
Se vêm, chegam com ar de obituário
e farejam sudário em meu fraldão.
Quadris com que empolguei olhares súditos,
doeis demais aos punhos do bastão.
Mas a beleza sonha e vence a morte
na extrema-unção do último batom.

— Meus filhos que estais velhos, tão crianças,
como vos abençoo, por sofrerdes
soletrando a mensagem das lembranças.
Um tempo vos foi dado, o tempo justo
de me terdes em súmula e cordeiro,
árvore-cruz nascida de um amém.
Um tempo vos foi dado, o tempo breve
em que passais à eternidade nova,
novo sonho do Pai para o homem novo
que nasceu do sermão de uma montanha.
O que passou ficou, forjando a asa
mais triste ou mais feliz, mas sempre a asa
com que subis no meu amor à vida
que deu sentido à própria eternidade.
Amai todo amor dado, vós que entrais
na estação da saudade, vós que estais
com medo de uma voz que só vos ama.
Tudo foi útil à vossa salvação,
se na fé o viveste, ou, se no mal,
à graça do perdão vos inclinastes.
O agora que vos resta ainda é imenso
para vos preparar a eternidade.
Agora celebrai a outra cidade, a minha,
que já podeis amar das janelas do asilo.

11

DAS ÁGUAS REBELADAS

A Inundação

Não suportam os esteios as fontes reunidas
no sufocado rio que era de livres águas
e hoje se rebela, vingativo,
inesperado mar cor de naufrágio.

Telhados tremem aos pés das andorinhas,
móveis migram dos quartos para as ruas;
as ruas pedem barcos para o asfalto,
de chuva austera e lama é o corpo da enxurrada.

Passam nas águas procissões de perdas,
salários estragados, passam dores
no seu traje de sonhos submersos;
passam roupas e medos, passam rostos,
passam bonecas órfãs na torrente.

As injustiças que escalavam encostas,
resíduos de abandonos conjugados
são agora denúncias encharcadas,
rogam por inocências maltratadas,
a cidade se espanta de si mesma.
Diante de um rio sem paz recua a Providência?
Ou ela usa a palmatória de águas
para nos educar enquanto pune
as tantas teimosias topográficas?

— Sufocastes as fontes pequeninas,
as subterrâneas e as vizinhas das nuvens,
as que concebem e as que amamentam os rios,
vós, que nas fontes irmãs de vossos olhos
tendes chuva e consolo.
As origens das chuvas ensinais,
mas não sabeis amar a sua feição de rio,
e por lajes substituístes os campos

sob o passo delas,
e quantas chuvas morrem sem renascimento
nos ocultos lençóis.
Ergueis as mãos aos céus pedindo chuva,
na terra meteis as mãos cercando os rios;
e fazeis da blasfêmia antiga ponte
da seca à inundação.
E insistindo em negar a inteligência da vida,
culpais o Pai e incomodais o Espírito,
fraudais a excelência do que já sabeis
e negais a clemência do que não sabeis.
Amai as águas que caem e as que correm,
deixai espaço para a misericórdia das fontes.
Vereis que até nos movimentos duros,
que não podeis conter nem decifrar,
prossegue o amor do Pai com provisões
que aos poucos serão vossas, reveladas.

12

SOB CÍRIOS E ROSAS

O Velório

Toda cidade tem, nas casas funerárias,
um ponto onde se tocam os dois caminhos nossos:
na vigília sagrada do perdido,
na presença mais dura do mistério,
abre-se ao chão do homem o chão de Deus.
O mais breve município aí já faz fronteira
com uma esquina qualquer da cidade do Pai,
Jerusalém Celeste.

Tem a morte incrível rosto de paz.
Sobre o corpo todo que ela cobriu de sono,
volta o silêncio que havia antes da Criação,
como sinal de eternidade na evidência imóvel.

Ele não está mais aí, nem pertence à dor
dos que permutam lágrimas sem voz.
Resta apenas a cor dessa carne inocente,
tão súdita afinal do irrecorrível
instante do mistério que nela se cumpriu.
Enquanto a alma procura o seu lugar de espera
da nova carne, imune a espaço e tempo,
pequeno ritual de perfume e esperança
as rosas oficiam, de olhos postos
numa cruz que perdoa os círios vacilantes.

— Vós, que hoje chorais esse que vos foi dado
como pai, marido, mestre, amigo, irmão,
não será tarde já que vós o amastes?
Tivestes o tempo de amá-lo
em seu corpo e sua alma irrepetíveis,
no sonho de viver, sempre mais longo que a vida;
na aventura de amar, sempre menor que o amor.
Mas vós verdadeiramente o amastes,
o vistes inteiramente alguma vez?

Percebestes a dor que não vos disse,
ou a alegria que quis compartilhar?
Passara talvez entre vós como uma sombra,
sem digna habitação em vossos olhos.
O tempo de amar, porém, jamais se extingue.
Amai-o mais ainda, agora e enquanto
puderdes na oração lembrar-lhe o nome,
que é mútua e salvadora a intercessão,
nome do amor entre a terra e a eternidade.
O consolo no adeus é essa certeza
de que o amor que é dado e o recebido
continuam salvando além da morte.

LIVRO VI

OS ESPAÇOS GLORIOSOS

Toda a vida universal, em suas intermináveis formas, tem como finalidade dar graças à glória do Criador, reconhecer a sua glória, glorificá-lo. Mais do que finalidade, vocação. No mais rude e no mais sutil estado da matéria, há um alento primordial, um ímpeto, uma pulsação que, ainda que o não saiba, é e quer ser mais louvor à Origem. Ao amor infinito corresponde a glória incessante. Desce do Mistério o amor, repartindo a vida. Sobe ao Mistério o louvor, reconhecendo a glória. Máximo e privilegiado lugar dessa permuta, a criatura humana, que tem no Cristo o apogeu do divino-humano, cria espaços, atitudes, construções, silêncios, liturgias para santificar-se nesse movimento doação-gratidão que é o sentido da vida. Os objetos e as coisas, dotados também de peculiar ação de graças em sua compleição diferente e vária, testemunham e apoiam o homem na glorificação de Deus. Nesse processo de nossa gratidão, em que novamente Ele nos ama (eis que é seu método de salvar-nos a graça de reunir-nos e purificar-nos no louvor) participamos de sua glória. Quer dizer, glorificamos para glorificar-nos, ganhamos de nossa própria oferta, tal a generosidade do Pai. A cidade se ilumina e se expande nos espaços de glorificação, nos movimentos de louvor que se verificam nos templos, nas ruas, nas instituições sagradas, na maior evidência da vida sacramental. Recolhemos alguns desses instantes do homem se encontrando, se cumprindo, se engrandecendo, salvando-se no instante mesmo em que retribui com o hino de glória a certeza do amor.

1

AS CADEIRAS DA VIGÍLIA

A Academia de Letras

Há uma vigília do Bem nas cadeiras imortais
de homens que permanecem muito além dos livros,
livros-sementes, lâmpadas, saudades.
Nessas poltronas, os escolhidos das Letras
não dão sossego ao Deus de tanto sonho.

Esses homens vigiam as luzes mais antigas,
as que consultam e plasmam a alma dos séculos;
as que unificam a realidade e o sonho.

As rondas dos sonetos guardam a Poesia
entre colunas, pedestais e bronzes,
ventres beijados, fêmures febris.
Fala pelo poeta a boca do indizível,
a palavra sem tempo e nunca terminada.

Cada poema é o homem diante do Mistério:
só se sabe do amor somente o golpe
que nos fere de Deus e nos termina.

Provetas indormidas também estão aqui,
nas seivas procurando a vida eterna;
e há livros que rezam como passarinhos
a verdade dos rios e a perfeição da árvores,
que insistem em nos amar enquanto morrem.

Nas letras da ciência o tempo é cura
para o mal que já veio e o que vem vindo
enquanto o amor velar nos microscópios.

A História ressuscita para olhar de novo
o corpo da evolução e seus tormentos,
quando a tribuna acolhe as vozes das cadeiras.
Voltam meninos mortos a quintais extintos
para explicar os céus que não retornam.

Discursos que recitam páginas perdidas
sustentam contra a luz as pedras fundadoras
das cidades que nascem e prosseguem nos homens.

As cadeiras etéreas, colunatas róseas,
promovem a tradição, esse vértice unânime
que os tempos atravessa na palavra pronta
pra dizer da beleza as mais ocultas luzes,
e realizar na paz as ânsias mais antigas.

As vigílias não dormem, mas celebram o sonho
dos corações que vivem à sombra do Evangelho,
os que cobrem de céu todo o sonhar da terra.

Sentenças que decidem a sede das misérias
e o romance que diz onde estão essas bocas
aqui têm seu convívio: a pena e a toga velam
pra que exulte a verdade em momentos de dor,
e resulte da dor a construção amável.

Círios na escuridão têm cada qual um rosto
destinado à sua luz específica e séria
que chama a realidade à salvação na Luz.

Imagem e roupa do profano-sacro, as Letras
em templos de Academus reunidas fundam
na cidade arraiais que resistem no belo
e verso a verso vão e livro a livro libam
a vitória cristã dos sonhos protegidos.

2

FESTA DO PADROEIRO

A Quermesse

O povo sabe tornar simples a glória
no arraial feliz dos Padroeiros.
Cedo as flores da estação chegaram à imagem,
e a imagem as amou no sorriso de mármore.
Um sino libertou os pássaros da torre,
círios anteciparam a noite sobre a tarde;
veio a missa depois com o canto das comadres.

— Me trouxestes de séculos passados,
eu e minha fé e um fardo de renúncias,
eu e as falas de Deus nas vozes do meu claustro.
Eis-me então Padroeiro, o nome do pastor
que só milagres tem na ponta do cajado
e da cidade a fé alegra e sintetiza.

Bingos, fogo no céu, desfile de rainhas,
noivos que dançam a música da fonte;
romeiros, padres, cruzes, ladainhas,
uma oração geral anda rindo nas ruas.

— Mostrai-me agora as prendas ao luar,
o mar onde as crianças pescam sonhos;
os rostos que artesãos libertam da madeira.
Tortas de perfumes gulosos, onde estão?
Dizei-me do que é feito o riso do que amais,
e aprenderei de vós no que vos faz feliz.

Assim o Padroeiro desce dos altares,
dos lares que o conservam em pobres oratórios
e vai benzer, no coração da praça,
a alegria da paz de uma cidade em festa.
A quermesse não passa, permanece nele
como um beijo de Deus sobre a fonte das súplicas.

3

SONETOS DAS CAPELAS

A Ermida

I

A igrejinha pousada na montanha
é quase uma ilusão a qualquer pássaro
que a veja tão pequena e repentina
nascer da mão da nuvem que a sustenta.

É a fé do campônio que a visita
e vê, num crucifixo sozinho,
Jesus amar na sombra a rosa única
que do vale subiu para as suas chagas.

Sereno como a rocha, o altar sem linho
tem saudade de um livro e de uma taça
que o comovem de amor quando é domingo.

Entra por essa porta, irmão da estrada,
e sente como a paz cabe no espaço
entre a glória de Deus e o teu cansaço.

II

Capelas que habitais desterros lindos,
imensidões pequenas de meu Deus,
quanto sabeis das preces mais caladas,
quanto calais das solidões mais velhas.

Capelas que habitais prédios e torres,
parlamentos, palácios, abadias,
vossa humildade é lâmpada do Eterno
nas trevas que nos rondam passageiras.

Em vós todo pai-nosso é mais intenso
e sobe a ave-maria com mais asas,
porque perto de nós fica o segredo

de uma cruz que sozinha na parede
nos olha de um amém crucificado
para dizer do amor jamais negado.

4

NOSSA SENHORA DE PEDRAS

A Catedral

Toda catedral é madona de pedras,
uma alta e sutil Nossa Senhora grande.
Alta como o olhar das torres ao mistério;
sutil como a harpa oculta em toda ave-maria,
e o amor de tanto amém só pode ser bem grande.

Como esse largo seio abriga tanto altar!
Tanto santo a dizer, nas múltiplas imagens,
que é vária a santidade no serviço único
de para a terra ser servo e cordeiro,
de para o céu cumprir vida e missão!

Pelas colunas sobem as orações e descem
pra comporem na sombra esse ar de glória
que elas trazem de Deus depois de serem ouvidas.
Então o que se reza em catedral não morre,
fica na voz que ecoa pelo coro.

A cidade guardou suas relíquias aqui:
o báculo de um bispo e o rosário de um santo;
telas que eternizaram seu rosto ainda de vila;
a sala de ex-votos e as tíbias do milagre,
os púlpitos de ouro que não falam mais.

O sol, alma da aurora, assopra Pentecostes
nos vitrais que da luz sabem todas as línguas,
para transfigurar, como em Tabores súbitos,
o rosto de um Jesus que sai de nossa tenda
para a ascensão que encontra os querubins da cúpula.

A verdade e a beleza ocupam o mesmo espaço
na síntese que a nave ensina aos próprios cânticos.
E o céu de uma cidade é mais baixo entre os sinos
pra que possa cantar a madona de pedras
com a voz que tem a cor da lágrima feliz.

5

SÃO JOÃO DOS GAFANHOTOS

O Batismo

A cidade da serra reuniu suas crianças
na hora em que a manhã era como um canário
na garganta feliz de um domingo de maio.
O padre fez surgir do livro um São João
tão rústico de sol, camelo da palavra;
carne feita de mel e gafanhoto.

— O padre me chamou, então vou batizar-vos.
Crianças, adultas sois para a misericórdia,
que tem pressa de armar-vos contra o mal.
Novos Jordãos escorrem dos meus dedos,
desde que um Pombo beijou a minha água
para dizer ao Filho o amor do Pai.
Na fronte recebei minúsculo dilúvio,
gotas aladas que vos regeneram.
Três vezes mergulhai na redenção da pia,
lembrando de Jesus o tríduo de resgate,
pra renascerdes na vitória dele.
O selo da Trindade vos consagra
construtores do Reino, nova raça
nascida de uma cruz que vos liberta
para serdes do amor o corpo e a alma.
Vesti da vida nova a veste viva,
alva como a saudade do Tabor.
Um círio vos é dado, alumiai;
a missão vos espera, realizai-a.

Famílias festejaram os novos cidadãos
da cidade de Deus na cidade dos homens.
E saíram os meninos, brancos passarinhos,
para cantar a fé nos píncaros do dia
e dizer que se amplia a messe dos eleitos,
almas inaugurais sonhadas pelo Cristo.

6

A UNÇÃO DOS CAVALEIROS

A Confirmação

O destino de toda cidade é prosperar
como província do Reino de Deus,
e isso se dá no ritmo de santificação
da massa de infortúnios do século.

Um sacramento nos arma cavaleiros
para o combate no âmago das trevas:
o segundo batismo, flamas de Pentecostes
pelo sinal da cruz do óleo perfumado.

A mesa da comunhão é nossa távola;
tem brilho de oração nossa armadura.
Espada de Miguel, sede por nós,
porque por Deus iremos contra o mal.

A crisma clarifica a missão magna
de sermos testemunha, ato e prodígio
da Palavra que gera a vida libertada
em que somos um só no Corpo amado.

Em nossas mãos as flâmulas dos santos,
não somos contra o homem, mas ferimos
de luz a nódoa velha do pecado,
que não vence mas ronda a evolução.

As virtudes ergamos quais muralhas;
avancemos na purificação de cada dia:
círios que não desmaiam enquanto afastam
uma treva vencida que ainda insiste.

Infiltremos a fé nos fundamentos
da cidade que espera dos seus filhos
as colunas que toquem o chão de Deus,
céu da Jerusalém vista da cruz.

7

ALTAR, PALAVRA E MESSE

A Ordenação

Da imposição das mãos nasce o presbítero
e sua tríplice herança:
o *altar*, ascensional pedra volátil, ponte
em que transitam súplicas e graças;
o *púlpito* e sua asa sobre o abismo,
os olhos levantando ao céu dos evangelhos;
e a *messe*, campo de Deus, sementes reunidas
para a dura colheita interminável.

Podes agora, homem, erguer o mundo
nessa fração de trigo tão cordeiro,
que o Pai se emociona, vendo o Filho
na Igreja nos reunir em Corpo e Espírito.
O círculo em tua mão, branco e pequeno,
nos concentra na aurora salvadora,
nesse Cristo que és quando levantas
o cálice em que Deus bebe conosco.

Palavra que caminha e às vezes voa
dos púlpitos que têm cor de domingo,
as sílabas totais dos Evangelhos
anúncios são agora de tua boca.
É a palavra a rede e o teu cajado,
pastor das águas, vales e desertos.
Prega o que ouviste dos que te chamaram
ao Livro que Jesus lê todo dia.

Tua cidade é teu campo, messe rude
de sementes que sofrem espinhos velhos:
banha com teu suor a sede das espigas.
O sol é pontual porque lhe esperam os frutos;
a chuva cai pra que a raízes vençam.
Veste-te assim de luz e água, e colhe
na comunhão com os teus as bênçãos todas
que o mundo espera dos teus votos, padre.

8

O VINHO DE CANÁ

O Matrimônio

Rola do sermão das núpcias uma pedra angular:
alegra-se a cidade com a fundação de mais um templo,
doméstico altar com seu rito cotidiano,
panelas limpas como o metal das taças,
roupas estendidas no adro dos varais,
meninos e seu rumor de “vinde a mim”.

— Amado, renova no meu corpo o teu batismo,
da minha alma faz a tua catedral
e te cobre de amor nas bem-aventuranças do meu colo.
Continuaremos além de nós servindo ao mundo
nos filhos que aprenderão da nossa boca
o credo da Aliança em nossa aliança.

— Amada, eu pescador me confesso em teus mares,
a minha rede pronta para o abismo de pérolas.
Homem de pouca fé, me elevo em teu milagre
de acolheres no ventre carnações do Amor.
Cavaleiro sem paz, habitarei tuas moradas
e a paz aprenderei do anjo de tua voz.

— Considerai, noivos: essas sedes do século
de vossa festa esperam o vinho de Caná,
para que se console a dor de cada dia.
Deve vossa união colheitas do Evangelho
às carências de amor que vos baterem à porta,
às solidões sem luz que não conhecem um beijo.

— Vosso amor crescerá do encanto matutino
das almas que se tocam em corpos já recíprocos.
Depois, no amor da tarde, o vosso matrimônio
migrará para o céu do sorriso dos netos.
E então conhecereis que o vosso amor salvou-vos
salvando para Deus o coração do mundo.

9

ANDORES DA SALVAÇÃO

A Procissão

Verônica vem nos ombros dos soldados,
não aqueles que a empurravam na via dolorosa.
Vem com o rosto de adeus no lenço úmido,
memória que os espinhos nunca esquecem,
porque eram inocentes mas feriam.
Esse vermelho pano é muito alvo
de uma dor que queria ser só paz
e suava perdão sobre as pedras da tarde.

Pagadores de promessas e seus trêmulos círios
cercam a Senhora das Dores, dizem amém
às lágrimas pendentes do rosário
que a Virgem ouve e repete ao Filho morto.
Está morto o Senhor da sexta-feira,
mas ouve como nunca, ouve no inferno
os tormentos passados e futuros
que medeiam a contínua salvação.
Eis que ele passa agora, o corpo amado:
os artelhos e a fronte estão tranquilos
sob um véu de luar do Getsêmani.

— Amados,
mais vivo estou em vós quando estou morto,
sem nada, até sem dor, sem mais a cruz
em que vos dei do amor a senha e a síntese.
Braços e devoções na tarde me carregam,
tensos como os que vi lançando as redes;
puras como as que amei no olhar dos simples.
E ainda uma vez mais sofreis comigo
o pecado da carne e o das cidades;
mistérios de ascensão que vos deixei tão claros.
Sou vosso Filho, sepultai-me agora.
Sou vosso Pai, me recordai então.

Eu vou e voltarei: fica acertado
um domingo maior que um dia eterno.

Andorinhas que sabem ave-marias
ensinam mais amor à alma dos sinos,
para que caiam as pétalas da tarde
sobre o corpo de Deus na procissão que passa
com o homem e a cidade entre os andores.

10

NOSSA SENHORA DOS TERÇOS

A Novena

Os bairros desta cidade,
rezando nas suas casinhas,
imploram por piedade
aos olhos de sua Rainha.

Os nove terços rezados
pelas comadres vizinhas
são um a um debulhados
tal qual os grãos na cozinha.

A cidade, pesada de infortúnios,
ó Senhora minha, agora sobe
com mais de mil améns para o teu manto,
enquanto a noite treme nos teus círios.

Olha: as ânsias novas te contemplam
nas rugas tão sem data das velhinhas.

Eis o terço: contas rezadas são pequenos astros
que um céu sustentam entre sofridas mãos
e geram o sistema de graças sobre a cidade.
Tal a energia das pérolas rezadas,
tal a tua mediação, Mãe do teu Pai,
entre a misericórdia e os precipícios.

Os mistérios gozosos vão do berço ao templo;
os luminosos são batismo e ágape;
os dolorosos têm um horto e a cruz;
gloriosos são do Espírito os triunfos.

Senhora, quantos cântaros de bálsamos
vertes para beijar as nossas dores.

E o dom supremo do teu beijo é este:
é na tua ternura que começamos a amar o Filho,

e nós o amamos tanto mais te olhamos.
Cada ave-maria é uma confissão
de tudo quanto somos e buscamos,
e amamos sem temer diante de ti.

A comunhão do rosário
que os simples têm a teus pés
é mais do que o pão diário,
por que sabem quem tu és:

A graça feita mulher,
a mulher feita de graças,
o olhar de Deus pra dizer
que seu amor nunca passa.

11

A CÁTEDRA DE DEUS

A Missa

— Quando éreis pequenos aceitei vossos cabritos,
sílabas de balidos órfãos sobre o altar:
subíeis nas ofertas capturadas nos campos,
eu vos descia à mesa fundando a comunhão,
no velho sonho meu de em vós me absorverdes.

Preparados depois para a palavra viva,
numa Virgem plasmei o Corpo apto à glória
de integrar-vos a mim na comunhão adulta
em que somos um só, e falamos do Reino
diário e fraternal como um pão que se oferta.

Trabalham as vossas mãos a terra e a luz do trigo,
e na vide aprendeis entregas jubilosas.
Toda essa força acrescentei de substância eterna
quando meu Filho fez-se a carne salvadora
para convosco estar em símbolo e verdade.

Tendes no símbolo significados que não passam,
de quando vos ensinei em Verbo vos amando.
E na verdade é quíntupla a verdade:
pão e vinho e Trindade convivendo,
tudo na hóstia em mim vos consumando.

Eucaristia é o nome da minha Igreja,
da vossa união orientada para o Reino.
Não falecereis nas insuficiências do caminho,
enquanto a fé, mesmo obscura, for descortinando
dentro do meu Mistério a manhã que esperais.

Tendes na cidade vosso exercício do Reino:
realizai para ela, como vossa oblação,
o que aprendeis de mim no coro das antífonas,
da missa que sou eu diante da dor benigna
de esperardes por mim quando já estou em vós.

12

A GLÓRIA DO CALVÁRIO

A Via-Sacra

Feita de março e abril essa tarde litúrgica,
vem a cidade andar nos passos da paixão.
Vêm do povo Pilatos, Cireneus, soldados,
há uma Virgem no palco e um Gólgota da praça.
Jesus volta a pisar as pedras desoladas,
sob a cruz que já tem vinte anos e séculos.
Fiéis, ruas e círios rezam as estações,
até que um sino exala o adeus e a paz perfeita
da bênção derradeira do Senhor da cruz.

1ª Estação
Jesus reza no Getsêmani

Tua primeira estação na angústia, Senhor,
ocorre sob o fino luar das oliveiras perplexas;
é o cálice que bebe em ti, te bebe todo,
para incessantemente te derramar sobre o mundo,
as cidades remindo nos homens sofredores.
Cai o suor da renúncia na consciência da rocha,
enquanto o Anjo de Deus consola mas soluça.
E como a dor que salva quer ser noite infinita,
os pássaros se recusam a anunciar a aurora.

2ª Estação
Jesus é traído e preso

Na hora da vigília um beijo abre uma chaga
nessa face que a prece molhou de amarga luz.
E eis nessa carícia o selo do infiel,
a nódoa de todo lírio que te erguemos
de dentro do nosso amor que nunca é inteiro.
São de trinta moedas o som de todo inferno,

trinta pecados têm uma só perdição.
E Judas, por todos nós, conta na sombra o ouro
que nunca comprará a viva hóstia do Templo.

3ª Estação
Jesus é condenado pelo Sinédrio

O Messias é maior que o nosso coração,
veio realizar-nos no amor além da terra,
e tememos desse amor toda renúncia e entrega.
Então salvamos o Reino condenando um só,
na terceira estação de um sacerdote insone.
O Messias Filho de Deus é, e Filho do Homem,
assim diz o Senhor a verdade a Caifás.
E disseram ser blasfêmia o desígnio de Deus
de nos tornar no Filho o Templo caminhante.

4ª Estação
Pedro nega Jesus

Os galos, almas da aurora, gargantas de prenúncios,
despertam o dia de Deus dentro do nosso dia;
por isso a negação de Pedro no silêncio fez-se,
e o galo o salva na estação do remorso,
salva-o com um canto circunscrito na lágrima.
O olhar do perdão comove a pedra insone
que em Igreja se eleva do arrependimento.
Lágrima de pescador é o início do mar
para a Barca que irá as almas recolhendo.

5ª Estação
Jesus é julgado por Pilatos

A mulher de Pilatos sonhara com a clemência,
mas a voz do pecado elevou-se das ruas,
e perguntando o juiz o que é a Verdade,
não vira que a Verdade estava diante dele.
A água indecisa entre o bandido e o justo

gera numa bacia o milagre de Pilatos:
ele a transforma em sangue, na água fundadora
com que o Pai lava no Filho a perdição do mundo,
e o mundo todo viverá de uma sentença injusta.

6ª Estação
Jesus é coroado com espinhos e flagelado

O pó dos desertos que amaste em oração
na capa do soldado veio, e te assistiu de novo.
De um espinheiro que conhecias fez-se o círculo de dor.
E eis que uma vara, irmã do teu cajado que beijava as pedras,
em tua auréola mergulha e te estilhaça a prece.
Todas as dores nossas ganham o nome de espinho,
por isso essa coroa tem poder real
de a maldade do mundo absorver na fronte
de um Cordeiro que em nós soluça e salva.

7ª Estação
Jesus carrega a cruz

Eis o homem, na sua divindade abandonada,
no sofrimento útil à nova criação.
O Rei do único reino que não passa
tem no peito um gemido e uma bênção na boca.
Uma árvore que caminhou mais lentamente
da terra para o céu agora se converte
nos dois braços que unem o Filho ao Pai.
Eis a cruz: a árvore dos dons da eternidade
na intercessão finita de dois galhos.

8ª Estação
Simão Cireneu ajuda Jesus

Pelos sozinhos campos do fatigado dia,
o Espírito Santo procura e acha Simão de Cirene.
— Vai, Simão, deixa tuas espigas e corre para a cruz
que entrega a terra ao céu sobre os ombros do Justo.

Vai como sinal de que na salvação
sempre a virtude é chamada contra o mal.
E assim Simão, primeiro anjo de ajuda
gerado pela cruz, vê nos olhos do Mestre
o amor que nos carrega em nosso próprio fardo.

9ª Estação
Jesus encontra as santas mulheres

Todas um só coração numa só lágrima,
essas santas mulheres têm bálsamo no olhar
e consolam Jesus nos últimos lamentos.
— Os filhos de vossos filhos sofrerão mais ainda,
terá de ter mais fé o coração materno.
Então Verônica e seu pano de soluços
cumpre sobre a face de espinhos o amor aprendido.
E a face fica impressa, e desde então na vida
um rosto ficará no lenço de um adeus.

10ª Estação
Jesus é crucificado

As mãos de que nasciam pães, peixes e bênçãos;
as mãos de carpinteiro e de profeta e Deus
agora são abraço na missão dos pregos.
Assim juntos os pés, consuma-se o caminho.
— Minha herança, carrasco, é bem mais do que a túnica:
tendes direito a mim porque foste criado.
Uma treva infeliz pousa no meio-dia,
mas nasce a água nova para a sede do mundo,
escorre de uma cruz a seiva dos altares.

11ª Estação
Jesus e o bom ladrão

Sobre Dimas na cruz desce a razão intacta
para compreender ali toda a injustiça;
desce-lhe a fé do universal perdão

que um gemido de Deus estende sobre a terra.
A esperança no desespero gera a audácia
que consegue do Pai tesouro imerecido.
Dimas fala por nós: Não te esqueças de mim!
Fecha os olhos Jesus e deixa que ele roube
o que a fé já lhe dera, o dom do Paraíso.

12ª Estação
Jesus fala à sua mãe e ao discípulo

Jesus, paterno coração, ama e corrige;
Maria, o coração materno, ama e consola.
A correção protege, o consolo reanima,
tudo num só amor de graus que se harmonizam.
Assim deu-nos Jesus sua Mãe para Mãe nossa,
quando viu em João nosso próprio abandono,
e deu filhos sem conta à que perdera o Filho,
pra repartir-se então o coração materno
no mais completo amor, nascido aos pés da cruz.

13ª Estação
Jesus morre na cruz

O grito de desamparo dá-se ao nível da carne,
no último olhar que abraça a terra inteira.
O espírito, porém, rejubila-se em glória
e mergulha na paz: "Tudo está consumado!"
Do lado do Cordeiro sangue e água jorram:
Batismo e Eucaristia nascem de um golpe só,
fundamentos de amor da nova Criação.
E entregando Jesus às mãos do Pai o espírito
também nos entregou o céu que nos espera.

14ª Estação
Jesus é colocado no túmulo

O corpo do Senhor agora está no colo
que o embala na dor, entre o soluço e o beijo,

como antes no amor, entre o cuidado e a bênção,
para o mundo o criara e para nós o dera.
O linho da piedade nas mãos dela enxuga
o sangue que um espinho uniu à sua lágrima.
No túmulo da rocha há uma escada e uma porta,
que Jesus descerá para vencer a morte,
que Jesus abrirá para nos dar a vida.

LIVRO VII

LITURGIA DA NATUREZA

Toda a natureza vive em ação de graças, e a evolução não passa de ritmada renovação das feições da matéria em incessante estado de louvor a Deus. Eis que tudo anseia renovar-se para conhecer outras vibrações de sua própria adoração, o novo canto de que é capaz. Mesmo nas estruturas mais embrionárias, o movimento da vida visa à transfiguração de sua identidade em nível mais apto a responder aos apelos do Mistério, amando-o, celebrando-o, dilatando-o mesmo, nas voltas dos graus sucessivos da interminável ascensão de tudo que existe. Esse ímpeto comum irmana todos, a ígnea lava e a nuvem retirante, as escamas dos abismos e a têmpera dos ninhos, cada um doando-se em silêncio e palavra à composição bendita dessa liturgia vária, infinita e uníssona.

A nenhuma cidade falta a prece das mais notáveis concentrações de matéria. Há sempre uma presença da água, ou da montanha, do deserto, do bosque, do fogo submerso das jazidas, da ladainha rósea do horizonte. Cada cidade ouvirá as antífonas que lhe cabe, suficiente para dar ao seu peito urbano, em qualquer estágio em que ele esteja, a dimensão de templo onde ressoam as belezas do céu e da terra junto às esperanças dos homens.

1

JEREMIAS DAS AREIAS

O Mar

É com o peito e os braços do mar
que Deus abraça mais uma cidade,
e ata-lhe aos pés as sandálias das ondas
e a convida às núpcias com o céu
no horizonte de ângelus rosado.

— Sou o mar, sou o mar, o Jeremias
de toda lamentação que haja na terra,
o ombro que não deixa naufragar
o curso das estrelas sobre nós.
Eu, que abasteço de paz os ventos do crepúsculo,
vi no olhar de Noé a aldeia ansiada,
e hei de a Jerusalém Celeste ver,
inda que vossas cargas tormentosas
já me matem de sede em muitas ilhas.
Das orlas afastai a horda de edifícios.

Sou o céu transferido ao chão de vossos barcos,
o pastor que apascenta as vossas quilhas
aos portos que sonhais dentro da escuridão.
Aprendei das marés o meu rito incansável:
como graças que chegam às orações que partem,
meus movimentos têm o mesmo ritmo
com que Deus vos assiste, ora cantando,
ora dormindo em minhas tempestades,
sempre vos suspendendo dos abismos.

Vós não sabeis de que mistérios cuido,
tendo de vos suster sem afogar-vos.

Altar que sou, sob a cúpula de pássaros,
o dom tenho de amar as vossas dores
até que se consolem nas espumas.
Batei da fé à porta obstinada

como ao rochedo bato, e vencereis.
Vendo como repouso nas areias,
vós podeis descansar em vossos próprios fardos.

Mas poupai meus rebanhos dos resíduos,
que enquanto me perdeis vos suicidais.

— Mar dos ventos ajoelhados à minha mão,
mar que me deste mais que peixes impossíveis,
reza pelos meus filhos, e Eu te escuto.
Nas nuvens que as cidades aureolam,
nessa azul construção toda branquinha,
em céu te amo e me desabo em chuva,
para meu corpo em ti deitar nas praias.

2

AS FILHAS DO SINAI

As Montanhas

Porque Deus escreveu em suas encostas
as Tábuas que aprendemos descumprindo-as,
as montanhas são filhas do Sinai
e lembram os mandamentos à cidade.

Vede os rostos de outeiros despertantes:
se voltam para a luz e cercam a aurora
com as preces que rezam homens e ninhos
pra receber os dons do novo dia.

Depois o sol cede a coroa aos píncaros
e desce com suas luzes quais rebanhos
que a montanha mandasse ao campo urbano
ou aos sozinhos lagos os mandasse.

— Todo monte parece com o meu Gólgota,
e as cordilheiras todas são rosários,
pra que quando eleveis os vossos olhos
já me tenhais descendo à vossa dor.

Vistes como ao crepúsculo as montanhas,
monjas de capa escura, entregam ao Anjo
o que a cidade em vós ganhou lutando,
o que a cidade em vós cresceu sonhando.

Claustral, mesmo minguante, todo luar
busca um beijo no colo da montanha
e anda pelos pátios com saudade
do monte que escutou todo o Sermão.

— Montanha, a tua cidade são teus pés:
firma-os em mim e sobe para o céu.
Ajoelhada em tua própria altura,
voa na fé capaz de te mover.

Cidade, a tua montanha é o teu altar
mais próximo do berço da Palavra.
Ela reza contigo e te socorre
sempre que a tua dor pede mais asas.

3

AREIAS DA SALVAÇÃO

O Deserto

I

A cidade olha o deserto a partir do oásis,
o deserto olha a cidade a partir da sede.
O sol e a sombra abraçam-se na fonte,
a duna chega e enche os seus alforjes,
e o coração perdido das areias
aprende todo o amor da água difícil.
O homem iluminado usa a palmeira
para viver as ânsias de deserto.

II

Olhos de êxodo sonhavam uma cidade:
o mar se fez então um caminho de areia;
maná e codorniz dos campos do milagre
sustentaram na fé cajados vacilantes.
Em só quarenta anos o deserto soube
fundar no chão da santa obediência
o nômade destino das cidades:
se elevarem pra Deus como se elevam as almas.

III

O Cordeiro conheceu todo deserto,
desde aquele sem água àquele sem pecado;
o que ensina a paz ao luar das caravanas,
o que esconde lacraus nas dunas tentadoras.
Quarenta sóis venceram a noite única
que o Mestre atravessou para vencer por nós
a palavra da treva, e desde então
no deserto que reza a luz nunca é perdida.

IV

Claustros nasceram na solidão bendita,
criou-se a devoção de escapulários sedentos,
e nunca se amou tanto uma miragem
como a que pareceu o rosto de Maria.
Tentações mastigaram o pão das horas, sim.
Mas a Palavra, na boca dos espinhos,
de rosas mitigaram a rocha e o medo,
e a alma das orações foi encontrada.

V

Devemos compreender os cinturões de fogo
que sempre têm num poço oculta a vida
e a imagem têm do vazio nosso imenso,
pronto para viver das águas salvadoras.
Olhemos como Deus as amplidões sozinhas,
para aprender da areia a devoção sofrida
que se entrega e se gasta a merecer do vento
uma nova feição que a decifra e liberta.

4

RITOS DOS QUATRO IRMÃOS

As Estações

As estações, quatro irmãos em liturgias sucessivas,
celebram o amor de Deus distribuindo aos homens
os dons que recolheram do girar da Terra,
e são diversos ritos numa mesma oferta.

I
Rito da Primavera

Antes que se mostre ao mundo, a Primavera
vive a esperança toda das raízes mais simples,
consulta os passarinhos nos telhados frios,
a roupa mais sem luz dos mendigos mais velhos,
a incompleta oração dos lábios regelados.
Ela, o Anjo da Alegria, anda nos hemisférios
medindo as vidas que querem ainda mais vida,
contando para Deus quantas ressurreições
de sonhos e jardins e amores serão feitas.
Depois, na hora máxima dos silêncios da Terra,
quando o céu articula as ânsias de nascer,
liberta-se do chão a infância de uma rosa,
todo abismo se rende à devoção dos pássaros.
Tem a cidade a voz das fontes renascidas;
os púlpitos semeiam, as orações já ceifam;
a Igreja do Senhor também abre suas pétalas.

II
Rito do Verão

As estrelas têm âmago de fogo,
são chamas peregrinas dando voltas, fogo
com que o Sol nos recria em luz exata.
Luz, a sombra amável desse incêndio cósmico.

Verão, nome da cor mais forte dessa luz.
As trevas não têm paz por causa dessa estrela
que abismos nossos cura e os da Terra invade
com vibrações colhidas da Ressurreição.
Dizei, moças da praia, quando mais sois belas.
Dizei, suor dos rostos, quando mais brilhais.
Dizei, vitrais, quem vos revela aos adros.
O rito do verão recorda dois milagres:
fartas redes de um lago e os pães de uma montanha.
A cidade recebe as cestas do equinócio
como ofertas de grãos da Luz que não se afasta
e inspira à salvação toda a idade do mundo.

III
Rito do Outono

O outono tem a cor dos altares sozinhos,
na híbrida penumbra de violeta e ouro.
Nele, quando a cidade é mais adulta em frutos,
os olhos rezam às folhas que se abismam
para cobrir de paz os rostos do perdido.
O outono é a hora do equilíbrio da Terra.
O carinho de Deus concentra-se nos ventos
pra bendizer do campo as safras demoradas,
pra consolar da alma as orações tardias.
Ele gosta de abrir, nas imagens dos santos,
uma luz que revela o que não se tem mais
e que volta a viver em vestes do Evangelho.
Compenetradas ficam as ruas, e os homens
atingem da esperança o ponto de neblina
em que não se recua e avançar não se pode,
e resiste por nós a fé que ainda vacila.

IV
Rito do Inverno

Pra confessar-se ao frio a cidade ajoelha
e cumpre sob a neve a alva penitência,
recolhe-se ao perdão de todos os silêncios.

De tanta contrição, os círios ficam imóveis,
na única estação em que a hóstia se treme
pra consolar a dor do cálice gelado.
A homilia do inverno diz da eternidade,
a que foge de nós e sempre nos procura,
porta que há de bater um dia à nossa porta.
Nada mais há que amar nem a temer. Porque
percebe o coração nos olhos da paisagem
aproximar-se a paz que é como uma velhinha
que vem nos descansar do mistério da história.
— No inverno vivei lembranças do futuro,
e ide junto aos ventos já viver nos campos
preparados pra vós numa outra cidade.

5

LITANIA DOS RAMOS

Os Pássaros

A luz que há na Terra
se mostra primeiro
ao bico dos pássaros:
seu canto é que chama
os ventos da aurora
aos ramos despertos,
aos homens insones.

A luz que há na terra
se acaba primeiro
nos olhos dos pássaros:
seu canto é que entrega
os dons do sol-posto
à torre dos sinos,
à paz dos cansaços.

Por isso que em pássaro
o Espírito veio
em línguas cantando.

A hora mais triste
e a mais feliz hora
são dois passarinhos.
Se o peito de um geme,
o do outro consola;
e ambos são preces
na luz e na sombra.

Os pássaros rezam
o credo das nuvens;
recitam da terra
anseios sem data.
E cobrem a cidade
de um céu que lhes coube
criar para Deus.

Por isso que em pássaro
o Espírito veio
à rocha do cálice.

As asas dos campos
conhecem os espinhos
e cantam de sede.
Sementes carregam
de frutos festivos
e ervas amargas
de toda vigília.

Os pássaros pousam
nas cruzes mais altas
e descem à cidade
com a bênção dos sinos.
Seus cantos traduzem
aos céus em que os vemos
a dor sem pronúncia.

Por isso que em pássaro
o Espírito veio
e habita entre nós.

6

OS FILHOS DOS CAJADOS

Os Rebanhos

Para os prodígios da missão guardiã,
os laços dos vaqueiros, os berrantes,
tudo o que tem o dom de apascentar
repete a natureza dos cajados.

É bíblica a visão do pastoreio:
Manhã no campo, as varas peregrinas
que sabem ler no vento a hora do abismo,
saem com seus rebanhos como filhos
para o verde seguro das vertentes.

Toda manada reza olhando a água;
é submissa ao verde a humilde lã
que beija a grama e olha para a estrela,
sob o silêncio firme de uma sombra.

Depois vem o luar sobre esses olhos,
os cascos e os bastões juntos se deitam
em mútua ação de graças: se ajudaram
em nome dos mercados das cidades.

Despedem-se do pasto e descem às feiras
já mortos mas felizes, ressurgidos
com o corpo de pão que não se queixa
de nascer para Deus, morrer pra fome.

Foram vistos sangrando nos altares
do tempo que esperava um só Cordeiro;
e antes como agora são tão dignos
que elevam no mercado a alma do templo.

— Rebanhos que vos deixei tão prestativos,
(memória de um maná que não desiste)
sob os cajados que vos apascentam,
vós é que apascentais vossa cidade.

7

MÍSTICA DOS CIPRESTES

Os Jardins

Ciprestes colhem da luz vibrações finas
e em sagrada penumbra as unificam:
eis aí a cor da oração dos jardins,
que toda rosa sabe e todo ramo escuta,
a desoculta alegria da paz
entre a generosidade dos canteiros.

A humildade da relva sobe para rezar
nos olhos mansos dessas folhas firmes,
dessa postura vegetal digna e perfilada,
cristã desde as raízes. Os ciprestes
fazem do bosque um claustro, e as flores
lhes falam desses olhos que as amaram
e ouviram da beleza uma palavra.

— Ciprestes, cones da seiva penitente, frades
descendo dos outeiros para os lírios,
com quanta solenidade de ofertório
celebrais nos jardins a alma das fontes
e dos jardins fazeis oásis pensativos.
Intérpretes de sombras e corolas,
há um aceno da imortalidade
em vosso verde vindo de outra vida.

Os jardins atenuam os ritmos malvados,
tecem de passarinho e borboleta
uma canção que vai cantar nos galhos.
Cipreste e rosa submetem o espaço
a uma brisa que sonha e que perfuma,
soprada pelo amor das pétalas de Deus.
O que tem de jardim a alma das cidades?

8

AS FONTES PEREGRINAS

Os Rios

As fontes têm missão e ímpeto de anjo:
no coração da pedra ouvem súplicas, e saltam,
saltam do amor de Deus para as sedes,
primeiro mitigando a inclinação do abismo.
À medida que amam, se avolumam,
rasgam o caminho da misericórdia,
e ei-las reunidas sob o nome de rio,
água feliz que tem alma de peixe.
Todos os rios têm sobras do Dilúvio,
por isso regeneram e acodem em frutos.
(Toda cidade é santa e, se tem rio,
vê correr aos seus olhos a indulgência.)

Os quatro braços líquidos do Éden
amaram a argila e geraram essas fontes,
peregrinos fundamentos da vida,
circulantes como as curvas do Universo,
fixas em sua mobilidade amorosa.
Ao contemplar um rio, Deus concebeu a espiga,
as feições dos rebanhos, as colheitas,
o olhar do lavrador subindo para a estrela.
Aprendei por que a água é caminhante:
são os sonhos de Deus que ela tange por nós.
(Não sustareis, cidades, a clemência
que atormentais em plásticos despejos.)

Os rios, fundadores das cidades,
encarnam a antiga alma da Terra,
que se quis povoada de destinos,
todos bebendo à margem de um Jordão.
Mas pecados nasceram em margens lindas,
perdeu-se a vida em cântaros sem fé.
Nossos barcos rastejam entre monturos,
nos meandros sem paz das nossas culpas.

Agora gemem os rios (cadência mortuária)
o Gênesis salvando até o Apocalipse.
(Ó cidades, amai nos vossos rios
o Éden que se foi e o que ainda vem.)

9

OS FRUTOS SACRAMENTAIS

A Oliva/A Uva/O Trigo

I

— Que dizes, Oliveira, de tua vida,
de tua postura regeneradora
que um ar de mosteiro dá aos campos
e chama os passarinhos para a sombra?

— Eu recolho da terra
toda a dignidade de uma súplica
que quer ser lenitivo e unção e selo
para o homem no sonho de sua fé.
Assim vou do Batismo à Unção dos Enfermos,
tocando as frontes com uma cruz que salva,
feita do óleo que é meu coração.
E quanto a passarinhos, mais os amo
no Pombo do Jordão que me acordou
e fez da minha seiva a alma do alívio.
Meu óleo, nas fechaduras do Mistério,
abre de par em par as portas santas.
Cidades de olivais têm crédito com Deus.

II

— E tu, minha Videira? Toda taça
suspira pelo sangue dos teus frutos,
para subir às nuvens mais felizes,
para descer às horas mais profundas,
voando, se abismando, renascendo.

— Eu sou uva e sou vinho, corpo e alma
nesta minha unidade de milagre.
A dúplice feição da vida movimento:
em Caná eu nasci felicidade,

quando a Senhora quis amor nas talhas,
e me chamaram vinho da alegria.
Numa taça de herança e de saudade,
depois me transformei em sacramento,
quando o Senhor me quis como seu sangue,
e de vinho passei a salvação.
Como na cruz desci de Deus aos homens,
na hóstia elevo os homens para o Pai.
Têm créditos com Deus as cidades das vinhas.

III

— E tu, oração ondulante, Trigo amado,
qual é tua oferenda, teu cansaço,
que música te anima e te desaba
sobre o chão que abençoas com tua morte?

— Espiga sou primeiro, grãos que a brisa
vestem com os cetins louros de aleluias.
E tanto o amor do sol quanto o da lua
deslumbram mais se vistos nos meus olhos.
Prenda difícil do suor de Adão,
desde aí me fiz pão, e me consagro
no beijo que me dão todas as bocas.
Tão belos são meus dons diante de Deus,
que ele fez do seu Filho pão dos céus,
e eis-me então corpo e alma do Mistério.
Só Jesus me reparte o quanto posso
e em mim se entrega, súdito Cordeiro,
no círculo de amor mais do que eterno.
Cidades de trigais têm crédito com Deus.

10

NÔMADE ONIPRESENTE

O Vento

Nasceu o Vento quando Deus soprou
o amor que nos fez brotar da argila.
E se fez nossa alma desse alento
tanto invisível em nós quanto na nuvem,
tão livre em nosso ser quanto nas folhas.

O vento herdou de Deus feição inumerável:
em brisa acetinou os cabelos de Eva;
como tufão tangeu a nave de Noé,
e sempre fora a asa das sementes,
a montaria azul de polens e de adeuses.

Jesus usou tua imagem pra falar do Espírito,
ó Vento onipresente, vida em movimento,
só os ninhos do céu conhecem o teu destino,
o dia em que à montanha trazes primavera,
a noite em que no altar levas tremor aos círios.

Como dás alma ao fogo, em Pentecostes
fundiste as línguas da revelação
num único idioma só de amor.
E uma só vez te vimos vertical:
andor foste do Cristo ao céu voltando.

Recolhes das cidades todos os segredos,
para a terra reunir num só gemido, a terra
que dá voltas contigo como tua irmã
tão livre nesse céu que procuramos, céu
a que falas de nós nas nuvens do teu peito.

Cidades que te ouvem a toda hora
como voz que não cessa de murmúrios
têm em ti invisível companheiro
que vai cantando da palmeira à onda
molhar de gratidão os beijos impossíveis.

11

OFERTÓRIO DA LUZ

O Sol

— Quando disseste, Senhor, “Faça-se a luz!”,
já tinhas para mim um lugar no teu sonho,
me conceberas já como estrela perfeita,
de órbita feliz, pontualmente amorosa,
pra sustentar os seres do teu sopro.
Então a minha luz encantou-se com a vida,
e vi que olhos doaste às criaturas todas
para pensarem em ti quando se elevam a mim.

Sustenta e multiplica a vida, me pediste.
Por isso os raios meus libertam os frutos,
fazem na terra a flor, a árvore e o rebanho,
e à água deram o rito e o pão feito cardumes,
povoam todo o céu com a multidão dos ninhos.
Tudo feições da evolução, que é o nome
do teu amor criando essa ascensão do homem
que só termina ao pé da eternidade imóvel.

Levanto-te duas hóstias no meu curso, ó Deus.
Uma é a aurora, a cicatrizadora,
que os pássaros comungam enquanto sentem os homens
a vida ressurgir de um céu que não desiste.
A outra comunhão dou aos lábios de Vésper,
a todo olhar que eleva uma nota de prece
pelo dia que veio e se acabou pedindo
com voz de ave-maria a nossa salvação.

(Meu trânsito feliz cercaram de fuligem;
criaram inimizade entre o que eu sou e as fábricas,
crucificando em mim as nuvens inocentes.
Como querem partir em busca de outros mundos,
se desanimam a estrela que lhes coube e é mesmo
aquele olhar de Deus mais pontual que existe.
Jamais me cegareis porque sonho mais luz
rumo à constelação onde descansarei.)

Eu, o teu Sol, Senhor, a tua mão visível,
recolho na manhã esses fardos insones
do homem e sua cidade e os distribuo nos ombros
das horas, que têm todas meu poder de ajuda.
E uno a minha luz à luz de cada ser,
tecendo um brilho só à glória do teu nome.
Vivem dos olhos meus os justos e os injustos,
e vou como tu vens sempre rompendo as trevas.

12

SOB OS PÉS DA RAINHA

A Lua

I

A cidade te espera,
virgem das plantações.
A cidade te quer,
foice azul das colheitas.
A cidade te pede,
sereia sobre a ponte.
Te lamenta a cidade,
rosto ausente dos becos.
Te celebra a cidade,
santa de insones claustros.

Antes de a semente lançar, o lavrador
consulta os olhos teus, chamados de luar,
se é no curto minguante ou no crescente farto
que espigas crescerão como círios nas sombras.
Do outro lado do mar, é no campo de espumas
que os cardumes por ti acendem as redes todas;
e encantas os faróis, sereia a meia altura,
sobre a ponte em que chamas a cidade à ilha.
Ó pupila de Deus, se te apagas nas ruas,
sombras rezam por nós para um céu já perdido;
mas se te abres nos claustros, a cruz iluminada
sobe com todos nós nos olhos das freirinhas.

II

Eu tão pouco te vi,
senhora das marés.
Eu tão pouco te amei,
madona das areias.
Tão pouco te busquei,

fada do amor perdido.
Eu tão pouco te ouvi,
mártir das serenatas.
Nunca rezei por ti,
coroa dos sepulcros.
E jamais penso em ti,
trono do Apocalipse.

Mas hoje quero o olhar da gávea agradecida
quando ao sorriso teu o mar se acalma.
Quero das caravanas o andor nômade
que te leva no passo dos camelos tristes.
Sei agora também que animas o consolo
do pequeno luar das lágrimas na face.
Quero curar na noite as cicatrizes altas
que deixaram em teu rosto os bandolins perdidos.
Ainda não parti e já me espera o beijo
que em nome de Jesus dás à fronte das lápides.
E já começo a ver, almofada da Virgem,
como os pés dela em ti tocam de leve o mundo.

LIVRO VIII

CIDADES DA VIRGEM, DOS SANTOS, A CIDADE DE DEUS

Toda cidade tem o seu destino. Adivinhadas pelos graus das coordenadas, chamadas às contingências cartográficas, elas também têm um corpo e vivem de uma alma, vivenciam um processo parecido com o das criaturas que as habitam. Tal como ocorre com os humanos, elas podem estender fronteiras, escrever a história, ser líderes e mártires, nascer dos sonhos, crescer dos frutos, demandar o céu. Umas há que, pelas misérias, apelam à misericórdia e geram os santos. Outras, pelos vícios, apelam ao pecado e nos santos se salvam. São aquelas de biografias sagradas, redutos de milagres, de perenidades da arte sacra, as que levam da manjedoura à cruz o trânsito do sol. Outras existem que, como se fossem centros determinados pela Providência, mereceram as aparições da Virgem. Essas são as de consoladora permanência, as Canás repetidas, de ruas palmilhadas por procissões e ex-votos, de esquinas perfiladas para a Via-Sacra.

Todas elas, entre sagradas e profanas, têm em comum a ânsia de chegar ao apogeu de sua própria natureza, seja pela prosperidade dos meios, pelo fervor das inclinações, pela predestinação misteriosa. Porém, o que mais profundamente as unifica, a força que as impulsiona para o mesmo vértice, mesmo que algumas delas não o percebam, é o desejo de perfeição na paz, na fraternidade, na consumação final do seu destino-missão. Chegarão a isso certamente, após abolidos os tropeços e as decadências. Quando chegarem a esse ponto de plenitudes santas e não tiverem mais como progredir, aí virá do céu, realizado, o ideal apenas entrevisto pela profecia, a Jerusalém Celeste. Essa Jerusalém não é uma extensão do aperfeiçoamento das cidades de agora, mas ela só descerá para o mundo quando nós e o progresso urbano a tivermos merecido. Que se purifiquem as cidades, preparando a vinda da Jerusalém Messiânica, a Esposa do Cordeiro.

1

NOSSA SENHORA DOS PASTORES

Fátima

Fátima, a cidade que brotou de uma azinheira
e viu de um sol feliz a única dança,
reza por todos nós rosário eterno,
estende seu amém pelos campos do mundo.

Escutai, pecadores, o que Jacinta fala:

— A Senhora das Luzes, a Mãe da Encarnação,
veio da estalagem humilde à cova escura
para de novo dar à luz seu Filho
em cada coração que o queira receber.
Francisco, Lúcia e eu fomos os novos Magos,
não para oferecer mas recolher em nossas urnas
o tríplice presente em tríplice segredo,
sob a unidade em rosa das ave-marias.
Direi desse segredo a parte gemedora:
Não vos esqueçais que tem portas o inferno;
vossos fardos amai para passar ao largo,
com as contas do rosário à ponta dos espinhos.
Não desprezeis a dor, nem demoreis nos vícios.
A cruz é a salvação, vem da mesma madeira
do berço que embalou o Príncipe da Paz.

Escutai, pecadores, o que Francisco fala:

— A Senhora das Dores, a Mãe da Redenção,
veio dos pés da cruz trazendo-nos refúgio:
seu coração capaz de todos os calvários
absorver por nós, pela missão que o Filho
lhe deu de ser consolo em nossas dores.
Buscai o Imaculado Coração que abriga
sob o sinal de Fátima as cidades todas,
e vai, desde o oratório pobrezinho,
recolhendo das casas o infortúnio

até benzer, das torres do seu Anjo,
a dor sem voz dos vivos edifícios.
Porque povos, governos, parlamentos
não são mais que crianças precisando
de um beijo só de paz no Colo eterno.
Esquecei vossas armas, abraçai-vos.

Escutai, pecadores, o que Irmã Lúcia prega:

— A Senhora do Rosário, a Mãe da Igreja,
do seu manto teceu as velas dessa barca
de onde Pedro estendeu as redes salvadoras.
As ondas sem perdão e seus ventos sem nome
jamais farão cessar a sede desses remos:
para o infinito mar basta a missão eterna.
O tiro que encontrou o pássaro de Deus
recitando a Palavra de alto mastro
só o que fez foi despertar novas auroras
da fé no coração três vezes santo:
pois João Paulo II, João de Deus,
foi Paulo e foi João na fé de Pedro.
Porque o mal dos séculos recua
ante a Mãe que venceu todo um deserto,
o Filho já sonhando, ao palpitar do seio,
com a Cidade de Deus que há nos olhos de Fátima.

2

NOSSA SENHORA DOS PESCADORES

Aparecida

Uma imagem beijou profundos seixos
e o rio a levantou para o vazio das redes.
Ó Paraíba, és gêmeo do Jordão,
porque em ti também banhou-se a Virgem!
Primeiro o olhar, depois o coração,
a Mãe apareceu pequenininha:
aparecida não, nascida novamente,
concebida das águas como as fontes.
E peixes comovidos se elevaram
para nascer do rio um santuário.

Vosso primeiro olhar foi para nós, Senhora!

Os coqueiros do morro então chegaram
com brisas recitadas como as preces
dos pescadores súditos de um rosto:
eis a covinha aberta em queixo amável
pra que milagres brotem de um sorriso.
A cidade e a Virgem se batizam
e recebem de Deus o mesmo nome:
Aparecida, um novo céu da terra;
terra de um novo céu, Aparecida,
a coroa e a rosa dessa fé.

Nosso amor por Jesus veio por vós, Senhora!

Vós chegais, peregrinos, num soluço
e partis confortados de alegria.
Com cálices sedentos vós chegais
e partis como bilhas satisfeitas.
Sob a noite que geme vós chegais,
sob a manhã que canta vós partis.
É contínua essa graça que não cessa
e faz de uma cidade um altar do mundo.

Na mão da Virgem as coisas se transformam:
vossos fardos deixai, levai consolo.

O amor de gratidão temos por vós, Senhora!

3

NOSSA SENHORA DA SELVA

Manaus

I

Os sinos carmelitas acordam cedo
pra despertar a solidão da selva:
raízes se levantam, homens e pássaros
unem-se a Deus no coração das nuvens.

Nossa Senhora chega, erguem-lhe a tenda
na colina que reza olhando as águas.
A fé percorre aldeias, conjugando
os tambores que entendem harpas do céu.

As potências do verde alto proclamam:
a evolução da vida pode agora
em nós frutificar pra eternidade.

A Virgem e São José então se mudam
para a nova cidade, em que seu Filho
é o Bom Pastor de almas e de rios.

II

Nossa Senhora de Manaus, teus olhos
se alagaram na luz das nossas fontes,
e igarapés meninos te lembraram
os cântaros que amaste no deserto.

Mas as férreas manadas de edifícios
vieram no tropel das avenidas
sacrificar oásis peregrinos,
sombras amáveis, buritis felizes.

Desceste então aos veios mais profundos,
para instalar no âmago da terra
o sorriso das fontes soterradas.

Manaus segue cercada de perdão,
porque as águas que morrem se transformam
em fontes novas do teu coração.

III

As águas de Manaus não são mais águas,
desde que a Virgem, a dona do milagre,
derramou sobre o Negro e o Solimões
umas talhas sobradas de Caná.

Eis o vinho que existe para os olhos:
águas de várias fontes na unidade
desse Amazonas, corpo de nós todos,
que morre em rio e ressuscita em mar.

Nos beiradões, cenáculos das garças,
Manaus se multiplica e lava os pés
de esteios resolutos como apóstolos.

E Deus acolhe o afã da fé cabocla:
reluzem ave-marias entre cardumes,
na procissão remada das canoas.

4

AS VIRGENS DE MURILLO

Madri

Todas as pedras de Madri ensinam,
todos os campos de Madri repetem,
todos os passos em Madri confirmam:
o sagrado e o profano se unificam,
no rosto da beleza se congregam,
e assim Deus aqui está mais perto.

Há na diáfana bíblia de edifícios
o perdão como pássaro incessante
que canta labaredas para o inverno,
sopra setas de gelo no verão,
estende as asas sobre a terra e funde
em flor e fruto a primavera e o outono.

Quereis saber, irmãos, onde é mais denso
o trânsito do claro ao misterioso,
o mel e o fel felizes numa taça,
a sombra que socorre a própria luz?
Ao Prado ide. Vede aparições
da Virgem aos nossos olhos de Murillo.

Na *Anunciação*, Gabriel mostra
um Pombo cuja sombra gera a vida
na Menina de Deus, Nossa Senhora,
corpo e alma plasmados só de *fiat*.
Todo amém em Madri fica mais sério
ante a Virgem casada com o Mistério.

Na *Sagrada Família e o Passarinho*
(plumas de um canto estão na mão do Filho)
pulsa a felicidade como um beijo
que vem das coisas simples partilhadas.
Madri salta das ruas para a paz
de um Menino que brinca com seus pais.

Numa cena da *Virgem com Rosália*,
a rosa branca mostra o quanto pode:
os anjos a celebram, a luz de pétalas
que nasce de uma santa a Deus Menino.
Os jardins de Madri sobem todinhos
ao céu na imensidão desse raminho.

A *Conceição dos Veneráveis*, ei-la
sobre a lua que brota dos seus pés,
olhos postos em Deus com tal fervor
que acrescenta infinito ao infinito.
Toda oração que alguém faça em Madri
sobe por esse olhar que lembro aqui.

A *Virgem e São Bernardo*: a fonte branca
que sustentou Jesus jorra a sua linfa
sobre os lábios do santo apaixonado:
nunca a virtude teve tanta sede.
Os desertos da fé que em Madri cresçam
nesse seio que acode se abasteçam.

Com essas virtudes todas pelas mãos,
vamos ao Bom Retiro, às *calles* vamos
cantando uma canção de Nazaré
à volúpia de tantos céus reunidos.
Aqui a nossa vida vive em Deus
numa canção em nós que a Virgem canta.

5

MURALHAS DE TERESA

Ávila

I

Pedras se levantaram da terra
e se fizeram abraço
para delimitar no mundo um lugar puro.
Cegonhas e jasmins confabularam alto,
fontes se propuseram ser mais claras;
chegaram os cereais do mais íntegro pão,
tudo se preparou para ser berço da Santa,
Teresa de Jesus, o lírio da muralha.
E ainda hoje o vento canta as pétalas
dos hinos murmurados pelas rosas
dos canteiros que viram essa menina
erguer igrejas para passarinhos.
Naquela em que crescia um *para sempre*,
sementes de mosteiro então sonhavam
fundar pra Deus um outro céu na Espanha.

II

Sonhou meu coração que um dia, em *Cuatro Postes*,
São Vicente, Tomás e São Segundo
vieram com Teresa olhar sobre a cidade
que de tanto rezar humana se fizera,
e usava uma coroa, a lua do *cimorro*,
tinha passos de monja apascentando o frio
e as capelas de Deus pulsando-lhe entre os seios.
Essa cidade eu chamo Santa Ávila,
viva como Teresa: elas são duas
numa unidade só em que Jesus proclama
ser cruz que tudo vence e amém que tudo pode.
Elas partem daqui com a hóstia dos seus claustros
para os lábios gerais dos infortúnios.

Sinto que algumas vezes elas param,
me olham e beijam e me lamentam... e seguem.

III

De inumeráveis olhos infinitos,
Deus nos olha com medo de perder-nos,
e seu mais vivo olhar chama-se Ávila.
Olhos que estão nos torreões calados,
nas memórias guardadas pelo Adaja;
olhos de pedras, de brasões e sinos,
olhos que ensinam a paz da eternidade.
Esses olhos se movem nas imagens:
essa Teresa é olho que não mente,
e João da Cruz é uma pupila ardente;
a catedral é pálpebra e retina.
Nesses olhos de Deus vemos sorrisos
que as auroras despertam em nossa alma;
mas às vezes também brilham com a lágrima
com que salvam e consolam a nossa dor.

6

O SORRISO DA LUZ

Lisieux

Próximo à meia-noite fez-se o lírio
nos campos e no sonho de Alençon. Cidades sonham
que venha o sublime habitar seus fundamentos,
e se mostre e se dê como quinta estação,
tudo das orações de inverno tendo,
tendo da primavera as gerações do pólen,
e o outono total com a procissão de espigas,
e o sorriso que a luz só abre no verão.
Alençon tão feliz ficara com essa graça,
que a repartiu com Lisieux, dizendo:
Cultiva-a, Carmelo, para o bem do mundo!
Assim nasceu Teresa, alto milagre,
quando o Pai a sonhar de novo quis o Filho
em outra encarnação no amor dessa menina,
na dor dessa menina quis de novo dar-se.

Lisieux! És toda uma viva catedral,
desde as normandas colinas ajoelhadas
aos campanários teus nas nuvens que mais rezam.
As igrejas, a Basílica, o Carmelo,
oficinas, mercados, escritórios,
o rosto de uma freira ou de um turista
não são só isso, tudo são capelas,
andores e visões do teu corpo de altares.
Não te cegaram os ninhos cegos estilhaços
e um canto perdurou na gótica clemência:
Teresa intercedeu, ela intercede sempre.
Cidade-catedral, teus méritos mais belos
estão nos *Boissonnets* e ali na enfermaria
onde a sede de Deus foi pura água sedenta
a brotar de uma dor que sorria ante a treva.

Teresinha! Já foi pensando em ti que Jesus disse
"Vinde a mim os pequenos". Disse e viu

dentro do tempo a tua mãozinha grata
erguer-se, e nesse gesto tu criaste
o caminho mais curto para Deus,
o abandono na fé como num abismo.

Lisieux, o que sabes dessa via?
Sabes que a eternidade é lugar nosso
naquela que por nós "passa seu céu na terra",
naquela que rompeu a noite escura
com o espinho que a cruz deixou pra ela.
Toda distância que se meça em ti,
mesmo a que vai da rosa à estrela errante,
nos recorda o vaivém de Teresinha
entre a terra e o céu salvando as almas.

7

EPÍSTOLA AOS PAULISTANOS

São Paulo

I
Endereço

Paulo, aquele que foi arrebatado
da cela de um corcel para o trono do Evangelho;
que nasceu de uma luz que regenera.
Eu, apóstolo, que ainda catequizo
com a súbita Palavra que nasceu em mim,
mais vivo agora neste céu que é nosso.
Eu, podendo agir por Deus na comunhão dos santos,
esta carta vos dou, às margens do Tietê,
estando Nóbrega e Anchieta junto a mim.

II
Contra Pressa

Primeiro, sei o que Pressa e suas bandeiras vos tem feito.
Essa imperatriz de quatro patas continua pagã,
a ministrar ritos de miocárdios rotos:
viver para mil coisas sem contudo viver
inteiro e situado no momento que passa;
vivendo mas não vendo ao menos de uma Hora
o seu distinto rosto, inteiro e irrepetível;
pulando da manhã que está nascendo ainda
a uma insone noite que ainda não nasceu.
Com que ilusões Pressa vos leva ao túmulo?
Seu método é zombar de qualquer ritmo
(sabei que tudo que há tem o seu ritmo)
e misturar as vozes que deveis ouvir
pra que lhe ouçais a irmã chamada Confusão.
Mas Pressa é tola, pra vencê-la basta
ter um respeito bom diante de cada coisa,
como dádiva ver tudo que for nascendo,

com gratidão olhar o que vai-se acabando.
Se amais do Tempo a duração medida,
então é um filho vosso: educai-o.

III
Contra Desigualdade

Comovem-me, amados, tantas preces
que invadem se arrastando os confins do sagrado
pra dizer que Desigualdade cerca vossos palácios
com hordas de luto e sangue das favelas.
Sabeis que Desigualdade, a Forte, já nasceu
com muitos rostos cada qual com um nome,
mas seu nome geral é apenas Chaga
do corpo em que viveis sem comunhão.
São diversos os dons porque eles são convites
pra que vos ajudeis e permuteis
vossos tesouros de uma só herança
que vos deixou o Pai para crescerdes.
Que saibais dividir o que transborda,
seja amor, seja dor, seja alegria.
E sede solidários no que falta,
seja pão, seja paz, seja harmonia.
Quereis que o crime bata à vossa porta
com a notícia do que vós desprezastes?
Quereis que vossa taça se embriague
com uma sede que vaza dos mendigos?
De fração em fração compartilhada,
sede, por Deus, unânimes no amor.

IV
Contra Poluição

As ruas de Corinto, meus amados,
deixavam o vento antigo respirar,
e era tão claro o sol que vinham os pássaros
em êxtase ficar sobre as torres de Éfeso.
Da noite vos direi que ao luar bíblico
era possível ver o âmago de um poço.

Não voltareis a esse tempo, mas ireis ao futuro
arrastando dos rios os fardos mártires?
Ireis contando quantas nuvens negras
no chão se suicidam em chuvas ácidas?
Negociai com Asfalto o espaço verde,
uma ressurreição de rosas nas esquinas,
e tocai com cajados mais salubres
os vossos carros, mórbidos rebanhos.
Quanto mais limpos fordes ante Deus,
tereis olhos de ver na natureza
todo o suporte necessário ao Reino.
Fazei pois da cidade um rosto amável
que não chore por vós mas sim reflita
todo céu que podeis aqui na terra.
Lembrai: Poluição, esta viúva de Trânsito,
da hermafrodita Usinas velha amante,
veste cinzas de dor mas nunca se arrepende.
E vós ireis então chorar por ela?

V
Conclusão e Bênção

Caríssimos, sede unânimes e duros
contra as pragas aqui selecionadas,
ventres de toda geração de crimes.
Esse céu que esperais, aproximai-o,
ele é mais alto e perto do que a morte:
pela altura, rezai juntos na fé;
pela proximidade, chamai juntos na ação.
Lucas, o médico, vos saúda e vos manda
uma advertência a mais contra os monturos.
Pedro teme por vós as ondas sujas.
Quanto a mim, estou bem, e não me canso.
Despeço-me e vos dou a minha bênção
qual sorriso de flor sob a garoa limpa.

8

SEXTILHAS AO POBREZINHO

Assis

Ouvindo as lendas do Tibre,
ao pé do monte fundada,
Assis nasceu pra Francisco
e ele a fez coroada,
senhora das orações
na caridade educada.

Estou em ti, Assis, tuas ruas me salvando.
Tão alto meu coração, meus pés vacilam,
piso em nuvens de fé que nunca passam.
Francisquinho de Deus, dá-me teus olhos
pra contemplar as rosas de uma cruz
espalhadas nos ventos, nas varandas.

Já me mostras que Assis não é cidade:
é uma catedral que tem colinas,
e pássaros, pinheiros, sinos, tudo
como frades menores reunidos.
E cada rua é como um rosto em missa,
flagrado no momento do ofertório.

O trovador da virtude,
de tanto tanger com amor
as cordas que acordam a vida,
sentiu nas mãos uma dor:
as chagas são do Calvário
como as de Nosso Senhor.

Irmã Pobreza salta de um Giotto
e nos vem encontrar com seus tesouros:
um sorriso de paz cor de renúncia,
um vestido que é só folhas de outono,
e essa felicidade mais completa
de ter só uma cruz para ter tudo.

E saímos os três, eu constatando:
fundamentos e vigas do que vemos
numa cidade podem ser etéreos
como estes de Assis, visto que são
linhas de relicário, uma estrutura
de oração que parou no tempo eterno.

A nossa irmã Natureza,
com tantos corpos criada,
aqui é pura unidade,
porque com amor foi mirada.
E somos com ela um só
como a Trindade incriada.

As irmãs Castidade e Obediência
chegam e refletem o que Francisco ensina:
a perfeita alegria é suportar
tudo em nome de Deus, perdendo a carne;
tudo em nome de Deus, ganhando a alma.
E vamos, com o irmão Sol, à igreja máxima.

Porciúncula! A tenda que São Pedro
quis no Tabor e Cristo quis na Úmbria,
capela onde o Perdão fez sua morada.
Até o milagre aqui é pobrezinho:
uma mendiga lágrima já basta
para o acesso ao amor que nos redime.

9

SANTO ANTÔNIO DO TEJO

Lisboa

"Cessem, peço, os discursos, falem as obras."
Deixem meu Tejo limpo navegando
comigo para as terras de infiéis
onde fui pregação e sou piedade.
Não sossego na beira deste cais:
estou sempre a partir, eu sou apóstolo;
estou sempre a ficar, sou vosso anjo.
Entre Pádua e Lisboa me divido.

"Cessem, peço, os discursos, falem as obras."
Na Sé, rosa d'Alfama, vede a pia
onde nasci na fé: vencei na luta
que começa nas preces do batismo.
Até os peixes sabem, eles me ouviram:
Deus nos salva da entranha do pecado
(como a Jonas salvou) para uma praia
de água iluminada que não mente.

"Cessem, peço, os discursos, falem as obras."
Se a palavra é semente, demonstrai-a
já com o fruto maduro em vossas mãos:
o amor, antes de amar, socorre logo.
Mirai-vos nos meninos de Lisboa:
ergueram cedo altares sobre ruínas,
fizeram das moedinhas que pediam
o tesouro que é vosso em minha igreja.

"Cessem, peço, os discursos, falem as obras."
Os olhos de Belém ganham oceanos
porque os amam nos medos já vencidos.
Assim como São Jorge do castelo
vos arma de coragem a mão que sonha.
Assim o céu de Deus ganhai triunfantes,
velas abertas para o mar de estrelas,
em caravelas lusas de infinito.

“Cessem, peço, os discursos, falem as obras.”
Na saudade severa desses becos,
aprendei com a vigília das guitarras:
logo irrompa um ciúme, elas consolam,
e eis o fado curador de amores.
Assim, também vós, diante do irmão
que sofre, levantai-o para a fé,
e eis o gesto curador de dores.

“Cessem, peço, os discursos, falem as obras.”
Eu fui homem de livro, lírio e pão.
No livro eu vi o céu dos Testamentos;
no lírio, a cor da alma em matrimônio
com Deus ou com o amado que vos coube.
Mas no pão fui maior: compartilhai-o
(o de trigo e o de fé) como expressão
do amor de Deus na casa portuguesa.

10

AGNES DA CARIDADE

Calcutá

I

A infância do Anjo transcorreu na guerra,
os primeiros lírios de suas mãos foram feridos.
Ele cresceu no amor com pena da miséria,
que entre os rostos do mal é o mais visível,
tem os traços totais próprios da perdição,
e geme sem cessar no peito das crianças.
Foste, Madre Teresa, o sermão que Jesus
pregou primeiro às legiões das latas,
lá onde a pouca fé quase recua
porque a muita esperança já está morta.
E depois fez-se ouvir nas cúpulas dos homens,
quando cresceste tanto em caridade, tanto
que o amor de Deus em ti fez sombra ao Himalaia.
E viram no teu corpo a encarnação de Kali,
indo de leito em leito, indo de chaga em chaga.
Mãe que recolhe o adeus dos olhos que se apagam,
agora Kali tinha uma feição de Cristo,
levava a cura e a Unção dos Enfermos aos becos,
o sorriso que abria aos olhos moribundos
uma manhã sem dor sobre o chão de calvários.
Figueira de Zaqueu, figueira de Bengala,
Teresa vos uniu nas rúpias ofertadas
às dores tão sem Deus que nem se queixam mais
porque os tesouros que encontrais na terra
vós reduzis a pérolas nos olhos
dos que só veem um minarete mártir,
esse sinal da cruz do ombro do Anjo.

II

— Calcutá, Calcutá, quantas vezes te mandei meus anjos,
como Tagore, a pregação do lótus;

Gandhi, que fez as lanças se curvarem aos lírios.
E usei como mendigo as mãos dessa Teresa
para acender em ti a luz samaritana,
o amor — a caridade em movimento —
com que eu tudo amei antes da luz.
E a Madre, ganso branco de Brahma,
debruado de azul, te despertou, cidade,
para cuidares dos teus mais pequenos,
aqueles que de tão fracos nem podiam
olhar última vez as rosas de Maidam.
E chorei sobre ti, Jerusalém do Ganges,
tendo de mais te amar quanto mais tu sofrias,
tendo de mais ser teu quanto mais me perdias.
Teresa, amada minha, compreendeste:
eu mais visível sou na obediência
do que no sentimento: eu era o pão
das bocas que tu amavas sem me ver.
Na fé é bem maior cumprir, viver, fazer,
do que sentir, olhar, somente crer.
E sabes: quando eu não te respondia,
tu mesmo eras resposta.
Santa da escuridão: assim te vias,
e assim Calcutá me ama em suas noites.
Porque das trevas que tu visitaste
fiz alvoradas novas sobre a terra.

11

SONETOS DA SANTA SÉ

Cidade do Vaticano

I
Da Praça

Pedro ancorou seu barco ao céu de Roma,
de onde parte com as redes peregrinas
a recolher das águas tormentosas
seres que não são peixes, mas são almas.
Almas que rezam às redes que as suspendam
dos abismos da terra ao céu de Deus.
E é de vê-lo, Pedro sucedido,
sair sob uma aurora de pais-nossos
pelos mares do mundo represados
entre colunas, ilhas, promontórios,
asas de arcanjo as velas de convés.
E esse barco que chamamos Praça
volta feliz trazendo, findo o dia,
as almas para a unção da ave-maria.

II
Da Basílica

Sob os vitrais da aurora que não passa,
o túmulo de Pedro é manjedoura
onde nos vemos — súbitas crianças —
chorando para o céu dos pequeninos.
Com quantos braços Deus sustenta o mundo?
Com quatro, como faz com o Baldaquino.
Com que olhos nos ama no perdido?
Com os da *Pietà*, Mãe dos Gemidos.
Somente aqui podem as cidades ver
os apóstolos todo reunidos
na mão que o Papa eleva *urbi et orbi*.
E nos lembre a fumaça sucessória:

o amor de Deus sempre se multiplica,
se um Pedro vai, um outro Pedro fica.

III
Dos Jardins

— Jardins do Vaticano, meu deserto
de rosas que só têm olhos de espinhos,
porque carrego ao sol a dor do mundo
posta aos ombros da cruz que me chamou.
Sofro a passadas lentas a homilia
que terei de dizer: altas sementes
sepultas já no chão da pouca fé.
O que direi pra consolar o século,
se a língua do meu báculo vacila
entre a indignação que aponta o inferno
e a promessa de um céu que não cultivam?
Eis que um ninho me assalta e eu ouço o Espírito:
a palavra maior virá do amor,
voz de alvorada para toda a dor.

IV
Da Capela Sistina

É triplo o céu dessa cidade estado:
há aquele invisível, chão de Deus;
o outro é um campo azul, casa de estrelas;
e esse ao nível da terra, essa sistina
capela-bíblia, súmula da fé.
Flagra-se o Pai aqui criando o mundo.
Do sopro do seu dedo nasce a alma
e uma história que vai do Adão que peca
ao que nunca pecou, Cristo chamado.
Bezerro de ouro junto ao mar aberto;
nuvens que falam, santos e leprosos;
últimas taças que já brindam à cruz.
E o momento maior da salvação:
um Juízo Final só de perdão.

12

LIRA DO APOCALIPSE

A Cidade de Deus

I
Prólogo

Cercam-me agora todas as cidades,
com os acordados homens e os que dormem,
e todos os jardins são como a ronda
de uma única flor.
E todas as esquinas se juntaram
para a unânime escuta.
Vieram para ouvir uma palavra curta
(que Deus me concedeu no grau poético)
sobre como as cidades olharão
a Cidade de Deus, a Santa do Cordeiro
(selos rompidos, flamas saciadas)
vir sobre o mundo como um pouso de ave
na hora das trombetas consumadas.

A pena de João socorra a minha
ou a perdoe nesse voo trêmulo
por entre os céus que vi no Apocalipse.
Pode uma revelação outras gerar?
E descendências da contemplação
negar as faces vistas do divino?
Como salvou-me sempre, o pobre verso
não vai perder-me agora, e me consinto,
com a audácia de filho do Mistério,
dizer do que talvez tenha aprendido;
viver do que é futuro até pra Deus,
eis que ele ainda não sustou o tempo;
sonhar com o que é presente já pra ele,
que vive antes de nós a sua promessa.

E a inidônea lira perdoada
junte também sua voz ao último hino
que a Trindade ouvir na eternidade imóvel.

II
Cidades dos sete ais

Cidades amo-as todas quais mulheres,
sofro por pelo menos quatro delas:
uma em que o rio e eu fomos meninos;
outra que ressuscita qualquer sonho;
a que mais me seduz, catedral-colo;
e a do meu céu nascido de uma santa.
Vivem todas em Deus, por isso à margem
desses meus sete ais que gemo agora.
E não as sofro por algum defeito,
mas porque as sinto e vejo na saudade
de um tempo enquanto o tempo ainda nos fere.

Ai queridas que estais tão fatigadas
de sustentar museus que poucos buscam
para aprender dos olhos do passado!
Convertei vossos filhos à beleza,
na unção primeira e última da fé.

Ai donzelas de rostos sem espelhos
que reflitam o clarão de vossos olhos,
porque as águas sem paz ficaram cegas!
Apascentai os vossos rios de novo,
desde a nascente ao mar em que se salvam.

Ai matronas coitadas dessas bolsas
de valores que ultrajam o incauto e o pobre,
porque sofreis de usura, o pão de ferro!
Descei de vossas torres, só de apólices,
para os frutos reais que acodem a terra.

Ai guerreiras com seios de fuzis,
quanto obrigadas sois a gerar órfãos
nessas noites mendigas de armistícios!
Em grãos transfigurai tormento e balas
e oferecei aos ágapes da paz.

Ai enfermeiras dos que não têm ar
sob as nuvens viúvas de um azul

sacrificado ao gume da fumaça!
Curai primeiro usinas inocentes
de um pecado que é vosso e vive nelas.

Ai tísicas com máscaras de ouro,
muitos justos arquejam ante palácios,
porque a fortuna não suporta a esmola!
Cevai vossos tesouros mas não tanto
que não sobrem pães secos para os simples.

Ai carcereiras de si mesmas, vítimas
do tráfico que algema o mundo ao mal,
porque pouco rezais nas tentações!
Extirpai a raiz dessas volúpias
cultivadas nas tolas transgressões.

Cidades que amargais ainda a herança
de Éfeso e de Esmirna vacilantes,
e que guardais de Tiatira e Sardes
algo da frágil fé tão descuidada,
de Pérgamo não tendes mais os ídolos
de barro mas os tendes de ouro e vício,
como os teve Sodoma prostituta.
Inda que a perdição, sete trombetas,
ecoe por abismos vossa hora,
sete perdões de Deus setenta vezes
vos salvarão também porque sois almas.

III
Visões

Eis que o touro e o leão, a águia e o homem
deram graças a Deus no último dia,
e se curvaram os Anciãos da terra.
O Cordeiro depois, gemendo longo,
abriu, peste por peste, os sete selos,
para os cavalos relincharem a morte.
Mas a morte poupou a terra e os justos,
a multidão de mártires marcados.
Então os sete sopros das trombetas
maldades promoveram entre as estrelas.

E as danações ganharam um nome: Abismo,
repleto das virtudes dos lacraus.
Cumpriu-se de João o livro amargo
de sete taças, sete maldições
com que forçamos Deus a mitigar-nos.
Foi decifrado o número da Besta:
mais seis-seis-seis calvários para o santo
corpo da evolução, ombros do Cristo.
Porém a nova Eva, feita um sol,
à lua dos seus pés submetera
Dragão, pai da Serpente-Mal-do-Éden.

As cidades e os homens que restavam,
dignos de viverem para o dia
do Juízo Final, cantavam hinos,
exorcizavam culpas e guardavam
toda inocente luz que ainda pudessem.
— Nós restamos, Senhor, algo de santo
em nós nos preservou para o teu rosto.
Vais perder-nos agora? Somos poucos!
E deu-se o Julgamento, último alívio
do Mistério, que agora tinha um Corpo
e uma Palavra que rasgou seu véu
para em beleza dar toda a justiça.
— Eis a surpresa da Misericórdia:
todos salvos estais e não só vós.
Todos do Inferno e Purgatório, vinde!
Quanto chorei por vós! Eu não resisto!
Vos absolvo a todos! Celebrai,
anjos, demônios, pecadores, santos!
Revelo ainda: quando eu disse *Eu sou*,
era um nome incompleto: Eu Sou Perdão,
a palavra final do meu amor.

As cidades, sabendo que eram seres
livres também de decadência e morte,
constatavam-se salvas e diziam,
unidas como os ramos na videira:
Nós somos almas, tínhamos sofrido
o pecado do homem em nosso peito,
e ora renascemos também puras

nos mercados, nos templos, nas lavouras.
Temos um corpo azul, carne instantânea
a todos dada na ressurreição.
Nunca mais sobre nós safras frustradas;
mísseis sobrevoando as nossas missas;
parlamentos que urdiam catecismos
de sangue pra banir da vida os pobres.
Nunca mais uma esquina sem ter prece
de olhar feliz amando a ave e a nuvem.
Nunca mais terremotos nem queixumes
de mar se suicidando em avenidas.
Agora temos voz como a dos monges,
para dizer que findam-se as muralhas
sob aleluias ao Cordeiro vivo.

IV
A Cidade de Deus

1

E a perfeição da paz vivia nas cidades,
tinha um rosto de aurora em pleno meio-dia;
estava em toda casa, em toda língua estava,
como um fruto provado em sílabas de amor.
Porém uma vigília estava acesa. Os róseos
horizontes reunidos preparavam a hora
de um dom que não chegara e era presença em tudo.
Seria um templo, um anjo, um mandamento novo?
E quando o amor não tinha mais como crescer
nos sonhos saciados, fez-se o assombro: viram
a Cidade de Deus, a Esposa do Cordeiro
vindo de um novo céu para uma nova terra.

Eis a cidade-moça, a comunhão perfeita
de Deus com a sua Igreja, as núpcias eternas
do Filho da Trindade com a Sagrada Eleita.

2

Deus Trindade afinal casou com sua amada,
por quem se apaixonou nas noites do deserto,

quando jovem ainda a viu ruborizar-se aos ídolos.
Crescida ela vagou ouvindo dos profetas
cantos que a preparavam para aquele Amado
de rosto apenas visto entre as tábuas da Lei.
Depois da exuberância que atingiu na terra,
tanto subiu Jerusalém ao céu do Noivo,
que ora perfeita já desce com ele às bodas,
e ninguém nunca a viu nem a rezou tão bela.
Ao universo-tenda as testemunhas todas
são filhas desse amor que começou no *fiat*.

Essa Jerusalém é e não é aquela
do tempo porque o tempo agora é o próprio Deus
que sonha e que descansa sobre o peito dela.

3

Feliz Cidade Santa, a capital do Reino
que se vê consumado em plenitudes santas,
toda a Revelação abrindo-se em dons novos.
— Eis a nossa cidade! Em cada esquina, amados,
me tendes face a face sem mais julgamentos.
Novas são vossa carne e vossa alma. Lágrimas
não mais refletirão a vossa dor na minha,
a eucaristia agora é o vosso olhar no meu.
De toda a terra antiga nem o mar restou,
nem Vésper conseguiu ficar do céu passado.
O tempo eliminei, mas vós podeis mover-vos,
sem nunca mais morrer, no amor que nunca para.

Senhor, pediram alguns, reste da vida antiga
— para lembrar de como às vezes nos beijavas —
aquela paz em flor de uma saudade amiga.

4

Falou então Jesus às multidões de santos:
— Para uma carne nova, novo espaço e júbilo;
para uma nova alma, novo rito e unção.
Na Cidade não há templos como os de antes.
Eu sou o Templo e em mim vós todos sois altares

para a celebração em êxtases perpétuos.
Sob o diáfano chão os alicerces vede
desta minha morada: eles ostentam os nomes
dos homens doze da primeira ânsia de Reino.
As pérolas das portas batizai vós mesmos
com os nomes de santos, de profetas, papas,
como vós, Isaías, Paulos e Teresas.

E não havia mais missões do Sol, da Lua.
Em tanta claridade, a velha luz, se houvesse,
seria apenas asas a fazer sombra à rua.

5

Definitiva lâmpada, o Cordeiro brilha
na praça principal e mostra nela as fontes
de água viva disposta em feixes da Trindade.
— A água inextinguível, a que vos prometi
pedindo que jorrásseis para a eternidade,
ei-la para vós e de vós mesmos feita
pela fé consumada, e vem ela do Trono
às árvores da Vida deste novo Éden.
As folhas curativas das nações perduram,
lembrando que ora sois liberto povo unânime,
frutos que amei da primeira à ultima safra,
desde o casal ali que dilatou meu sonho.

Todos correram à água em bandos festivais,
e o Senhor lhes sorriu quando viram nascendo,
de si mesmos brotando outras fontes iguais.

6

Um dia, quando Deus voltou de novo à harpa
que não tocara mais desde as manhãs do Gênesis,
Ele cantou com a voz de quando era só Verbo:
— Jerusalém final, irmã do Paraíso,
toda a Revelação termina agora em ti.
Filhos, se para vós aqui começa a glória,
um novo sonho meu também começa aqui.
É para logo, e já, a nova Criação,

de natureza e almas que ainda nem pensei.
Eu a soprarei de novíssima argila
ou a tirarei do peito?
Aquele "faça-se a luz" direi de novo,
ou primeiro direi faça-se o amor?
Para outra ascensão novos tropeços,
ou extingo de vez todo calvário?
Só sei que a mesma Mãe terá o mesmo Filho,
e um novo céu terá a mesma salvação.

Um acorde amparou quase um pequeno adeus:
— Ficai aqui, que Eu vou viver a nova história
deste amor que sou Eu e que chamais de Deus.

DEO GRATIAS

Este livro foi composto nas famílias tipográficas
Cheltenham ITC BT e *Trajan*
e impresso em papel *Offset 75g/m²*

Edições Loyola

editoração impressão acabamento

rua 1822 nº 341
04216-000 são paulo sp
T 55 11 3385 8500
F 55 11 2063 4275
www.loyola.com.br